Katrin Frank

The Agent
Licence to Love

Buchbeschreibung:

Als Mia vom Tod ihres Lebensgefährten Paul erfährt, bricht ihre Welt in Stücke. Nichts wird so werden, wie sie es sich ausgemalt hat. Aufopfernd steht ihr Dario, Pauls bester Freund, zur Seite. Doch Dario konnte Mia noch nie sonderlich gut leiden. Weshalb seine plötzliche Fürsorge? Und seit wann fühlt sie sich zu Dario hingezogen? Warum verschwindet er immer wieder und weicht ihren Fragen aus? Welches dunkle Geheimnis verbirgt er vor ihr, das ihr Leben erneut zerstören wird?

Über den Autor:

Katrin Frank, geboren 1983, lebt mit ihrem Mann und ihrem Sohn in Klagenfurt am Wörthersee. Sie ist leidenschaftliche Autorin, die sich regelrecht in ihren Geschichten verliert. Für ihre Liebesromane holt sie sich die Inspiration bei Reisen ins Ausland, besonders auf Flughäfen hält sie ihre Augen und Ohren weit geöffnet. Am liebsten liest sie berührende und spannende Geschichten, Schreiben bedeutet für sie vom Alltag abzuschalten und eigene Welten zu bauen.

Katrin Frank

The Agent

Licence to Love

1. Auflage, 2018

Impressum:
Katrin Frank
c/o AutorenServices.de
König-Konrad-Straße 22
D-36039 Fulda

Lektorat und Korrektorat: KoLibri Lektorat, Sabine Wagner
Umschlaggestaltung: ToclijDesigns, Michelle Tocilj
Fotos: Shutterstock

Herstellung und Verlag: BoD- Books on Demand, Norderstedt
ISBN: 9783746065342

Für Georg^2

Eins

In Millionen von Einzelstücken zersplittert, gefangen in der Hülle meines Körpers, trete ich an den Sarg heran. Meine Füße tragen mich, bis sich meine Knie gegen das Holz pressen. Ich lege meine zitternden Hände auf den Sarg, so als würde ich ein letztes Mal seine Brust berühren. Langsam senke ich meinen Kopf, lege die Lippen auf das kalte Holz und hauche einen Kuss darauf.

Nachdem ich mich aufgerichtet und einen letzten Blick auf das Bild, welches umringt von Kränzen und Blumensträußen heraussticht, geworfen habe, wende ich mich von ihm ab. Ihm, dem Mann, mit dem ich mir mein Leben ausgemalt hatte. Erst vor wenigen Tagen hatte er mir offenbart, dass er so viele Kinder wollte, dass er seine eigene Fußballmannschaft hätte trainieren können. Er wusste nichts von meiner Unfruchtbarkeit. Ein Geheimnis, welches ich aus Egoismus und Schamgefühl für mich behalten hatte. Ja, Scham. Ich schäme mich dafür, nicht schwanger werden zu können.

Furchtbar ist kein Ausdruck, um meinen Zustand auszudrücken. Es ist, als hätte man mir alles genommen. Meine Liebe, meinen Mann, mein Leben, meine Zukunft.

Der Pfarrer hatte davon gesprochen, dass er seinen Frieden finden würde. Zur Hölle, Paul wollte keinen Frieden, und schon gar nicht für die Ewigkeit. Er hatte das Leben geliebt und in vollen Zügen genossen. Selten ließ er eine Gelegenheit aus und blieb an einem Sonntag zu Hause. Zusammen bestiegen wir Berggipfel, rannten uns die Seele aus dem Leib und fuhren mit dem Motorrad, oftmals schneller, als es erlaubt war. Und feiern konnte er. Eine Feier ohne Paul war eine trostlose Zusammenkunft. Wir hatten Spaß, unterhielten uns ausgelassen, und wir waren uns in allen Lebenslagen einig. Wie zwei Puzzlestücke passten wir ineinander.

Sieben Tage liegt es zurück, dass die Polizei vor unserer Haustür gestanden und mir diese grauenvolle Nachricht überbracht hat. Sieben Tage meines neuen, abscheulichen Lebens. Und ich weiß nicht, wie ich es schaffen soll, es auch nur ansatzweise lebenswert zu gestalten.

Als ich den Kopf hebe und den Blick über die Trauernden schweifen lasse, entfährt meiner Mutter ein lauter Schluchzer. Schon während des ganzen Begräbnisses ist sie diejenige, die lauthals heult. Eigentlich sollte ich es sein, die die Tränen nicht zurückhalten kann. Doch ich kann nicht mehr, ich bin zu traurig, um zu weinen. Die letzten Nächte habe ich mir die Seele aus dem Leib geheult. Keine einzige Träne ist übrig geblieben. Eingekehrt ist eine ganzheitliche Taubheit. Meine Gliedmaßen fühlen sich seltsam eingeschlafen an, mein Kopf ist leer und mein Herz, tja, das spüre ich nicht mehr. Es ist mit Paul gegangen.

Ich setze mein Tun fort, stelle einen Fuß vor den anderen, bis ich meinen Platz erreiche und mich auf die harte, hölzerne Sitzbank fallen lasse.

Ich starre vor mich hin und beobachte, wie jeder der Trauergäste zu Paul geht, eine Rose vor dem Schrein ablegt und sich von ihm verabschiedet. Anschließend kommen die Leute zu mir, reichen mir die Hand und sprechen mir ihr Beileid aus. Pauls Eltern sind vor einigen Jahren bei einem Tauchunfall ums Leben gekommen, deshalb sitze ich an erster Stelle und habe sozusagen den Familienvorsitz, obwohl wir nicht mal verheiratet waren. Seine Großeltern sind auch nicht mehr am Leben. Nur Pauls Tante, die sich inzwischen bei mir untergehakt hat und in meinen Ärmel schluchzt, ist noch übrig. Sie scheint um Jahre gealtert. Obwohl sie weit über fünfzig Jahre alt ist, wirkte sie stets auf mich, als wäre sie noch keine dreißig. Heute sieht man ihrem Äußeren an, dass sie gebrochen wurde und nicht weiter diese unbeschwerte Jugend ausstrahlen wird.

Entsetzlich gerötete Augenpaare und zitternde, schweißnasse Hände lasse ich über mich ergehen, bis sich endlich der Letzte vor mir aufbaut und mir seine Hand entgegenstreckt. Es ist Pauls bester

Freund Dario, der mich mit einer ausdruckslosen Miene anstarrt.

»Es tut mir leid, mein aufrichtiges Beileid«, flüstert er mit rauer Stimme, während seine eisblauen Augen auf mir ruhen. Ich bin nicht fähig, zu antworten, deshalb nicke ich lediglich und drücke seine Hand, als Zeichen der Dankbarkeit, fester als bei den anderen. Er mustert mich eine Zeit, dabei habe ich das Gefühl, als würde er etwas sagen wollen, doch dann wendet er sich mit gesenktem Haupt ab.

Dario konnte mich nie besonders gut leiden. Vermutlich gibt es keinen speziellen Grund dafür. Er mag mich eben nicht. Wenn wir alle zusammen gewesen waren, war es nicht aufgefallen. Sobald uns unsere Freunde alleine gelassen hatten, hatte Stillschweigen geherrscht oder er hatte das Weite gesucht. Ich erinnere mich an einige Male, als ich versucht hatte, mit ihm ins Gespräch zu kommen. Vergebens. Er hat sich nie große Mühe gegeben, zu verheimlichen, was er von mir hält. Nämlich nichts.

Anfangs ließ ich es nicht zu und habe mir redlich Mühe gegeben, um dem besten Freund meines Partners zu gefallen. Doch irgendwann habe ich es schließlich aufgegeben und akzeptiert. Immer wenn ich Paul damit konfrontiert hatte, hatte er die Sache abgewiegelt und so getan, als würde ich mir das alles nur einbilden. Doch dem war nicht so. Dario konnte und kann mich nicht ausstehen.

Der Pfarrer beendet die Messe, und ich sehe, wie Paul von sechs Männern in schwarzen Anzügen aus der Kirche getragen wird. Erst als der Geistliche ein deutliches Handzeichen gibt, begreife ich, dass ich an der Reihe bin und hinter dem Sarg langlaufen soll.

Mit letzter Kraft hieve ich mich hoch und wanke dem Trauerzug hinterher. Anders kann man es nicht nennen, was ich tue, denn ich habe kaum mehr die Kraft, mich auf den Beinen zu halten. Hinter mir nehme ich ein nervenaufreibendes Quietschen und Rascheln wahr. Klar, die Kirche leert sich und die anderen tun es mir gleich und laufen uns hinterher. Das aufdringliche Geräusch der Gäste vibriert in meinen Ohren.

Als wir unter dem Portal hervortreten, strahlt mir die Sonne ins Gesicht, woraufhin ich meine Augen zusammenkneife. Kurz versetzt mir das Sonnenlicht einen unangenehmen Stich, und ich blinzle ihm entgegen. Erst als sich meine Augen an das helle Licht gewöhnt haben, erkenne ich den schwarzen Leichenwagen, der direkt in der Auffahrt hält. Ich zucke sichtlich zusammen, und bin kurz davor, hier auf dem Kieselsteinboden zusammenzusacken.

Der Chor, den ich für die Beerdigung organisiert habe, singt das letzte entsetzlich traurige Lied. Dann läuft alles blitzschnell ab. Die Männer bugsieren den Holzsarg in den Wagen, weitere kommen und legen einige der Kränze darauf ab und schon schließen sie die Hecktüren. Augenblicklich beginnt alles, sich um mich herum zu drehen. Nur den dunklen Wagen sehe ich noch klar vor meinen Augen, wie er in Schritttempo den schmalen Weg hinabfährt.

Vollkommen aufgelöst, recke ich meine Arme nach vorne. Er kann mich hier nicht zurücklassen. Ich will ihn nicht freigeben. Ich liebe ihn doch so sehr. Ich will ihm hinterherlaufen, doch starke Arme, die sich um meine Mitte gelegt haben, halten mich zurück. Panisch suche ich nach der Ursache, weshalb ich nicht vorankomme und blicke in Darios stechend blaue Augen.

Es fühlt sich an, als würde der Tag niemals vorübergehen. Die Trauergäste trinken die letzten Reste des Weines und schieben sich die übrig gebliebenen Bisse vom Lachs in ihre Münder. Ich sehe rüber zur Couch, auf der es sich unsere Freunde gemütlich gemacht haben und ernte betroffene Blicke.

Auch sie haben einen Freund verloren, doch sie können nicht annähernd empfinden, was ich in diesem Augenblick fühle. Das alles macht mich furchtbar wütend. Sie behandeln mich wie ein rohes Ei. Ich versuche, taff zu sein und nicht jedes Mal, wenn wir miteinander sprechen, in einen Weinkrampf zu verfallen. Ich reiße mich zusammen. Seit Pauls Tod musste ich oft in ihre hilflosen, ratlosen Gesichter blicken. Sie haben mir geholfen, mich unterstützt, den Schmerz allerdings konnten sie nicht lindern. Das musste ich alleine durchstehen.

Endlich verabschieden sich die letzten Bekannten von Paul und bedanken sich für die Bewirtung. Dann folgt das Übliche, ich soll mich melden, wenn ich was brauche, und schließlich fällt die Tür ins Schloss. Ich bin heilfroh, dass sich meine Verwandten und vor allem Mum angeschlossen haben. Endlich kehrt Ruhe ein.

Erleichtert lasse ich mich auf die Couch neben meine beste Freundin Clara sinken. Sie legt einen Arm um meine Schultern und drückt mich an ihren üppigen Busen. Sie ist klein und kurvig, außerdem hat sie den verrücktesten Kleidungsstil, den ich jemals an einer Person wahrgenommen habe. Sie hat mich keine Nacht alleine gelassen und mit mir auf der Couch übernachtet. Jede einzelne Nacht, seitdem Paul von mir gegangen ist. Doch so kann es nicht weitergehen. Ich muss mit meiner Trauer zurechtkommen.

Weiterhin herrscht unangenehmes Schweigen, welches ich nicht länger ertrage.

»Gibt es noch Wein?«, frage ich in die Runde. Ich beobachte, wie sie einander ansehen und überlegen, ob sie mir den Stoff, den ich verlange, geben sollen. Sie tun gerade so, als hätte ich um Drogen gebeten.

»Weißwein. Hier.« Clara reicht mir ein Glas, das bis obenhin gefüllt ist. Mit zitternden Händen führe ich es an meine Lippen und nippe daran. Wenig überraschend geschieht dies unter ständiger Beobachtung meiner Freunde.

»Lasst mich bitte alleine.« Die Worte kommen fließend über meine Lippen. Ein Räuspern geht durch die Runde, doch keiner von ihnen scheint auf die Forderung einzugehen.

»Bitte, ich will alleine sein«, flehe ich.

Dario erhebt sich, greift sich einige Becher vom Tisch und verschwindet damit in die Küche. Clara und Ben tun es ihm gleich. Finn verweilt eine Minute länger auf dem Sofa, schließlich kommt er meiner Aufforderung ebenso nach und erhebt sich. Der verwegene Sonnyboy steht mit seinen lockigen Haaren, die ihm bis zum Kinn reichen, eine Weile vor mir. Die Unsicherheit ist ihm deutlich anzusehen. Ich ignoriere ihn und lasse mich mit geschlossenen

Augen befreit zurück in die Kissen fallen. Irgendwann wird es ihm zu blöd, und er gesellt sich zu den anderen.

Es dauert jedoch nicht lange, und meine Freunde stellen sich in einer Reihe vor mir auf.

»Wir gehen dann«, piepst Clara, und das Zittern in ihrer Stimme ist unüberhörbar.

»Sollen wir dir nicht doch beim Aufräumen helfen?« Finn prüft mich erwartungsvoll.

»Ich komme zurecht. Danke«, vermelde ich bestimmt.

Sie hadern mit sich, das sehe ich ihnen an, aber sie akzeptieren meine Bitte. Clara, Finn und Ben schließen mich in ihre Arme und verlassen daraufhin mit leisen Schritten mein Apartment.

Die Stille tut unheimlich gut. Seit Langem war ich nicht mehr alleine, und mit jedem tiefen Atemzug sauge ich die Ruhe in mich auf und befülle meinen Körper damit. Ich wende meinen Kopf von rechts nach links und wieder zurück. Ich wiederhole das Ganze, in der Hoffnung, irgendein Zeichen von Paul zu bekommen. Einen Hinweis. Doch da ist nichts. Doch! Im Türrahmen! Ich muss einige Male blinzeln, um die Silhouette auszumachen. Skeptisch runzle ich die Stirn.

»Was hast du hier noch zu suchen?«, blaffe ich Dario an. »Hau ab!« Ich bin ihm doch egal, warum verschwindet er nicht einfach. Doch als ich ihm entgegenstarre, glaube ich, tatsächlich Mitgefühl in seinen Augen aufblitzen zu sehen.

»Nein. Ich bleibe.« Seine raue Stimme lässt keinen Widerspruch zu.

Wortlos und mit offenem Mund starre ich ihm hinterher, wie er zurück in die Küche verschwindet. Ich will ihn nicht in meiner Nähe wissen und doch löst er eine wärmende Empfindung in mir aus. Aus unerklärlichen Gründen fühle ich mich in seiner Gegenwart beschützt.

Zwei

Bereits seit einer Woche schläft Dario Nacht für Nacht in unserem Gästezimmer. Vielmehr in Pauls ehemaligem Arbeitszimmer. Und das, obwohl ich ihn nicht darum gebeten habe. Gegen meinen Willen kommt er am frühen Abend in die Wohnung und tut so, als wäre es selbstverständlich, hier zu sein. Erst seit einer Woche weiß ich, dass er einen Schlüssel besitzt. Ich kann mich nicht daran erinnern, dass Paul das jemals erwähnt hatte.

Das ist völlig absurd. Wir unterhalten uns noch nicht mal. Ich habe versucht, ihm klarzumachen, dass ich gerne alleine wäre, doch er zeigt sich nicht besonders gesprächsbereit. Ganz im Gegenteil. Langsam schleicht sich das Gefühl ein, dass er mich runterzieht. Seine Anwesenheit und die damit verbundenen Erinnerungen an Paul scheinen sich in meinem Unterbewusstsein festzusetzen und mich daran zu hindern, die Trauer zu bewältigen. Paul und Dario lernten sich während der Ausbildung kennen und wurden beste Freunde.

»Wann willst du wieder zur Arbeit gehen?« Baff über seine Frage, starre ich ihn einige Sekunden lang an.

»Wann willst du endlich verschwinden?«, frage ich, dabei verenge ich meine Augen zu Schlitzen, damit ich bedrohlicher wirke. Es ist das erste Mal, seit Pauls Tod, dass Darios Miene eine Regung zeigt. Nur hauchzart offenbart sich das Zucken seiner Mundwinkel.

»Morgen.«

»Gut«, bemerke ich emotionslos. Und ich hatte ernsthaft befürchtet, er würde nie mehr fortgehen.

»Ich muss auf eine Tagung nach Deutschland. Lass uns was essen. Du isst kaum was.« Sein Vorschlag wandert achtsam über seine Lippen, so als wolle er mich nicht verschrecken. Zum ersten Mal, seit wir uns kennen, habe ich das Gefühl, er könnte mich ausstehen. Sein sonst so überheblicher Ausdruck und seine Unnahbarkeit haben sich sozusagen in Luft aufgelöst.

Während ich überlege, ob ich auf sein Angebot eingehen soll, mustere ich ihn eingehend. Seine strahlenden, hellblauen Augen, die gerade Nase und der Bart, der jetzt länger zu sein scheint als sonst. Mir fiel bis heute nicht auf, wie unwiderstehlich Dario aussieht.

Als er gestern aus der Dusche kam und nur ein Handtuch um die Mitte geschlungen hatte, konnte ich einen Blick auf seine Tattoos erhaschen. Sein definierter Oberkörper und die Arme sind übersät mit farbigen Motiven. Ich habe es mir nicht anmerken lassen, doch in Wirklichkeit wollte ich ihn anhalten, um einen genaueren Blick auf seine tätowierte Haut zu werfen.

»Lass uns was bestellen«, biete ich an.

Er fährt sich mit der Hand durch den Bart, so als würde er damit mehr Zeit rausschlagen wollen, ehe er zufrieden nickt.

»Morgen«, sage ich, dabei versuche ich krampfhaft, mir ein Lächeln auf die Lippen zu zaubern.

Er erstarrt in der Bewegung und schenkt mir seine ungeteilte Aufmerksamkeit.

»Morgen bist du mich los«, erwidert er.

»Nein. Morgen will ich wieder zur Arbeit«, erkläre ich, woraufhin er mir ein sanftes Lächeln schenkt, welches mir für einen klitzekleinen Augenblick eine wohlige Wärme beschert.

Wir packen sämtliche Tüten auf den schlichten Tisch im Wohnzimmer und machen es uns auf dem Boden gemütlich. Der Esstisch bietet schon eine längere Zeit keinen Platz mehr zum Essen. Darauf liegen Unterlagen wie Versicherungsverträge und Zahlscheine. Kommende Woche werde ich die letzten Rechnungen von der Beerdigung bezahlen und die Dokumente der Versicherung zusenden. Ich muss den Papierkram erledigen, die Belege in den Ordner heften und diesen dann wegsperren. Solange ich täglich an den Briefen, auf denen Pauls Name geschrieben steht, vorbeilaufe, werde ich in Trauer und Selbstmitleid ersticken.

Ich öffne Tüte für Tüte. Dario hat die Bestellung aufgegeben und eindeutig übertrieben. Wer soll das denn alles essen? »Das reicht für die ganze nächste Woche«, bemerke ich erstaunt und stecke meine Nase weiterhin in die Pappschachteln.

Daraufhin schnappt er sich die Stäbchen, einen Becher mit gebratenen Nudeln und rührt erstmal um. Unschlüssig darüber, ob ich zum Hühnchen oder zum Reis greifen soll, weil ich so überhaupt keinen Appetit verspüre, beobachte ich, wie sich Dario eine große Portion Nudeln um die Stäbchen wickelt, den Mund weit aufreißt, und diesen monströsen Bissen verschlingt.

»Das ist ja ekelhaft«, zische ich gespielt angewidert.

Er reagiert nicht darauf und wiederholt seine überspitzte Show mit dem nächsten Bissen.

»Dario.«

Mit vollem Mund, übertrieben kauend, schneidet er eine dämliche Grimasse. Himmel, dabei sieht er immer noch umwerfend aus.

Ich kann nicht anders, als wie ein Schulmädchen zu kichern.

»Iss endlich was, sonst mach ich den ganzen Abend so weiter.«

»Ich kann nichts essen«, flüstere ich kaum hörbar.

Woraufhin er seine Ration zur Seite legt und mir fest in die Augen sieht, sodass mir ein riesiger Schauer über den Rücken läuft. Sein Blick ist intensiv, und weil ich ihn nicht länger ertrage, wende ich ihn ab und starre an ihm vorbei ins Leere.

»Ich lasse nicht zu, dass du dich zerstörst. Es wird besser … Glaub mir.« Seine Worte vibrieren in mir und lösen irgendetwas aus. Ganz von alleine öffnen sich meine Lippen, und ich lasse zu, dass Dario mich füttert. Noch nicht mal die einfachsten Dinge bekomme ich auf die Reihe. Wie soll es ohne Paul weitergehen?

Drei

Seltsam ist ein Überbegriff meines momentanen desolaten Zustandes. Seit einigen Tagen gehe ich wieder zur Arbeit. Das fühlt sich abscheulich vertraut an, dort jeden Morgen zu erscheinen, die Aufgaben zu erledigen und am frühen Abend die Tasche zu packen und durch die Tür in die sogenannte Freiheit zu stapfen.

Der erste Tag war schrecklich, der zweite ein wenig besser und heute war es ganz passabel. Keine mitleidigen Blicke, die sich an mich geheftet haben wie ein Kaugummi, den man unter der Fußsohle hat und nicht ohne Anstrengung wieder abbekommt. Ich habe alles gegeben, um nicht unter den ständig an mir haftenden Augenpaaren zusammenzubrechen. Nicht vor ihnen, nicht im Büro, und erst recht nicht auf der Toilette.

An den darauffolgenden Abenden habe ich mich um den Papierkram auf dem Esstisch gekümmert. Die Unterlagen bei der Versicherung eingereicht, die herumliegenden Rechnungen einsortiert, und den Ordner in den Safe, der sich im alten Schrank im Gästezimmer befindet, gesperrt.

Clara hat mir dabei geholfen, Pauls Sachen in Kartons zu packen und in den Keller zu tragen. So sehr hatte ich mir davon eine Besserung versprochen. Nur ein kleines Stück wollte ich mich besser fühlen. Doch die Wahrheit ist, dass ich mich noch leerer und einsamer fühle. Ich hätte es nicht für möglich gehalten, doch sogar Dario fehlt mir. Er war nicht gerade gesprächig, aber ihn in meiner Nähe zu wissen, hat mir das Gefühl verliehen, dass Paul jeden Augenblick zur Tür hereinkommt.

Nicht nur meine Wohnung, ebenso mein Aussehen schreit förmlich nach einer Veränderung. Momentan glaube ich, alles umändern zu müssen, um jemals wieder zu mir zu finden. Im Wohnzimmer wurden mit Claras Hilfe kleinere Möbelstücke neu platziert. Von einigen Dingen kann ich mich einfach nicht trennen. Clara meinte, dass ich mehr Geduld mit mir haben müsse. Damit liegt sie bestimmt richtig.

Ähnlich wie mit den Möbeln, ergeht es mir mit meinem Spiegelbild, deshalb sitze ich beim teuersten Frisör der Stadt. Es ist nicht so, als könnte ich mir das unbedingt leisten, aber ich will nicht länger aussehen wie die Frau, die abends vor dem Schlafengehen einen Kuss von Paul bekommen hat. Ich bin nicht mehr Pauls Freundin, ich bin nicht ich und mit dieser braunhaarigen Frau im Spiegel verbindet mich kaum noch etwas.

Erleichtert lege ich den Kopf nach hinten und genieße das leichte Ziehen, welches sich auf meiner Kopfhaut vom Ansatz der Haarwurzeln ausbreitet, während die Frisörin Strähne für Strähne mit einem Kamm durchzieht, damit sich die Haarfarbe gleichmäßig verteilt. Bislang hat sie mir auch keine nervigen Fragen gestellt und nicht versucht, mich in einen belanglosen Small Talk zu verwickeln. Beide genießen wir die besänftigende Stimmung, die uns zu umgeben scheint.

»Die Farbe muss nun dreißig Minuten einwirken«, äußert sie mit engelsgleicher Stimme, woraufhin ich mich bei ihr bedanke und aus meiner Handtasche den E-Reader hervorkrame. Seit Wochen habe ich kein Buch gelesen und erst gestern Abend einige Leseproben runtergeladen. Ich scrolle durch die lange Liste von Buchtiteln und kann mich einfach nicht entscheiden. Es gibt so viele gute Bücher. Vor Pauls Tod habe ich regelmäßig gelesen, jeden Abend vor dem Einschlafen. Leise seufze ich auf. Ein letztes Mal lasse ich meinen Zeigefinger über das Display schweben und entscheide mich für das tiefgrüne Buch mit einer Elfe darauf. Ja, ich bin eine Coverkäuferin. Das bringt mich zum Schmunzeln, denn Paul hat sich deshalb jedes Mal über mich lustig gemacht. Natürlich auf eine liebenswerte Weise.

Mit eisernem Willen halte ich meinen Blick auf die fesselnde Geschichte gerichtet, obwohl ich schon neugierig bin, wie mir die neue Haarfarbe steht. Himmel. Ich bin aufgeregt. Sogar als sie mich zum Waschbecken bat und mir die Haare föhnte, habe ich es vermieden, in den Spiegel zu sehen.

»Wir sind fertig.«

Zugegeben, jetzt kommt mir die Vorstellung, mich äußerlich zu verändern, nicht mehr so unfassbar wunderbar vor. Ich bemerke, wie sich kalter Schweiß an meinem Rücken und in den Achselhöhlen bildet. Verflixt.

»Sie sehen fabelhaft aus«, flüstert mir die Stylistin ins Ohr und hält mit ihrem Gesicht auf meiner Höhe inne. Ich spüre, wie sie gespannt in den Spiegel guckt, um meinen Blick einzufangen. Sie will meine Reaktion abwarten.

Zaghaft klappe ich die Hülle des Readers zu und lege ihn behutsam auf die Ablage vor mir. Für den Bruchteil einer Sekunde schließe ich die Lider, während ich im Schneckentempo den Kopf hebe. Vermutlich denkt die Stylistin, ich wäre komplett durchgeknallt. Bei meiner Inszenierung wäre das kein Wunder.

Schleppend senden meine Augen die Impulse an den Verstand weiter, und die Frau mit den schulterlangen, kupferfarbenen Haaren, die mir mit einem zaghaften Lächeln entgegenblickt, schließe ich sofort in mein Herz. Vor Freude hüpfe ich aus dem Sessel, sehe den verdutzten Ausdruck der Stylistin und werfe überschwänglich meine Arme um sie. Obwohl sie die Umarmung nicht erwidert, lässt sie sie zu. Erst als ich mich von ihr löse, merke ich, wie nass meine Wangen sind. Ich weine nicht, weil ich traurig bin. Nein. Diesmal, endlich, weil es Hoffnung gibt. Ein klitzekleines Aufflackern eines Gefühls, mein Leben könnte wieder lebenswert werden.

Am späten Abend entscheide ich kurzerhand, auf Finns Houswarming Party zu gehen. Nicht ausgeschlossen, dass mich meine neue Frisur dazu ermutigt, denn zuvor hatte ich Finns Einladung mehrmals ausgeschlagen. Auch Clara hat versucht, mich mit überzeugenden Argumenten für diese Feier zu erwärmen. Doch die Vorstellung, ohne Paul auf einer Party zu erscheinen, dort allen unseren Freunden unter die Augen zu treten, fühlt sich abscheulich an. Doch irgendetwas tief in mir drinnen sagt mir, dass ich meinen Hintern hochkriegen muss. Ich darf mich nicht weiter verkriechen.

Finn hat sich ein Reihenhaus außerhalb der Stadt gekauft. Erleichtert atme ich aus, als ich genügend freie Parkplätze vor dem Haus ausmache. Ich hasse es, in eine enge Lücke einparken zu müssen. Das stresst mich unheimlich, weil ich viel zu selten mit dem Wagen fahre und nicht besonders geschickt beim Einparken bin. Wenn ich mit Paul unterwegs war, fuhr er den Wagen. Und das aus gutem Grund.

Nachdem ich erfolgreich eingeparkt habe, stelle ich den Motor ab und schnappe mir die Weinflasche vom Beifahrersitz. Zugegeben, das Mitbringsel ist nichts Außergewöhnliches, aber für Kurzentschlossene eine willkommene Wahl. Außerdem habe ich momentan keinen Nerv, mir über Geschenke den Kopf zu zerbrechen.

Es ist kurz nach einundzwanzig Uhr, als ich vor der Haustür stehe und auf den Klingelknopf drücke. Als keiner öffnet, bin ich verunsichert, ob ich nicht doch einfach reingehen soll, denn der Lärm, der aus dem Inneren des Hauses kommt, lässt vermuten, dass das Läuten nicht zu hören ist. Nach längerem Warten greife ich nach dem Knauf und als ich ihn herumdrehen will, spüre ich einen leichten Widerstand. Sofort trete ich ein Stück zurück und schon blicke ich in Finns überraschtes Gesicht.

»Du hast wohl nicht mit mir gerechnet.« Ich grinse schief, woraufhin er seinen Kopf schüttelt und sich ein breites Schmunzeln bemerkbar macht.

»Überhaupt nicht.« Unter Umständen bilde ich mir das auch ein, aber ich glaube, zu hören, wie sich seine Stimme vor Freude überschlägt. Daraufhin zieht er mich über die Schwelle in seine Arme, dabei drückt er mich fest an die Brust und wiegt mich hin und her. Einen Bruchteil einer Sekunde habe ich das beklemmende Gefühl, zu ersticken, doch zum Glück legt sich das schnell wieder, und ich genieße seine Wärme.

»Komm, es sind alle da. Clara wird sich freuen, dich zu sehen.« Etwas verzweifelt sehe ich ihn an. Natürlich wird sich Clara freuen, mich zu sehen, doch was ist mit den anderen Gästen? Sie werden mich den Abend über anstieren und mir mitfühlende Blicke zuwerfen.

»Mach dir keinen Kopf«, sagt er, als könne er meine Gedanken lesen.

Noch vor wenigen Minuten habe ich nicht an seine Worte geglaubt. Tatsächlich werde ich nicht beachtet, zumindest bemerke ich es nicht. Niemand scheint mich hier großartig anzustarren, obwohl sie Paul gekannt haben. Mein Puls normalisiert sich allmählich und ich werde gelassener. Endlich entdecke ich Clara und Ben, die auf dem Sofa hocken und das ausgelassene Treiben im Blickfeld haben. Claras Augen erstrahlen, als sie mich entdeckt. Sie boxt mir gegen den Oberarm.

»Du Lügnerin.« Sie lacht laut auf.

»Ich bin doch keine Lügnerin«, wehre ich ab und wische mir übertrieben über die Stelle am Oberarm.

»Du weißt nicht, wie sehr ich mich freue.« Sie schlingt ihren Arm um meine Schulter und wuschelt mir mit ihrer freien Hand durchs Haar.

»Lass das«, warne ich sie, doch sie denkt nicht daran, aufzuhören und fährt mir ein weiteres Mal durchs Haar.

»Du siehst so krass anders aus. Richtig heiß. Steht dir.«

»Sag das nicht so.« Das Kompliment ist mir unangenehm.

»Du siehst bezaubernd aus.« Sie drückt mit ihren Händen, die sie mittlerweile an meinen Oberarmen abgelegt hat, ein wenig fester zu, um ihre Aussage zu untermauern. Wie ein kleines Schulmädchen stehe ich vor ihr und blinzle sie freudig an. »Es geht mir besser«, sage ich verhalten.

»Das sehe ich«, bemerkt sie, dabei füllen sich ihre Augen mit Flüssigkeit.

»Herrje, ich hol euch was zu trinken«, wirft Ben kopfschüttelnd ein und verschwindet.

Wenig später sitzen wir auf der Couch und unterhalten uns ausgelassen. Hin und wieder stößt jemand dazu und schließt sich der Unterhaltung an. Es herrscht eine angenehme, ausgelassene Stimmung, die ich genieße.

»Wo steckt Dario?« Fragend sehe ich meine Freunde an.

»Vermisst du ihn denn?«, zieht mich Ben auf.

Je länger ich über die Frage nachdenke, desto seltsamer ist die Vorstellung, ihn zu vermissen. Ich lege meine Stirn in Falten. »Keine Ahnung. Nein. Ich meine, er ist mir irgendwie auf die Nerven gegangen und doch -«, breche ich ab.

»Ich weiß, was du meinst.« Clara lacht laut auf.

»Er kommt etwas später.« Ben spricht mit vollem Mund und hält die nächste Ladung Erdnüsse bereit. Clara wirft ihm einen mahnenden Blick zu. Sein breites Grinsen verschwindet in Zeitlupe, geknickt sieht er zu Boden. Manchmal empfinde ich Claras Zurechtweisungen Ben gegenüber als übertrieben. Gut, sie ist Lehrerin und offensichtlich kann sie ihren pädagogischen Spürsinn nicht einfach per Knopfdruck abschalten. Ständig weist sie uns zurecht, vor allem aber Ben. Ihr Perfektionismus passt so gar nicht zu ihrem Erscheinungsbild. Sie wirkt verrückt und chaotisch, doch das ist sie nicht. Im Gegenteil.

»Na, sieh an.« Ben stellt seine Bierflasche auf dem Glastisch ab und begrüßt Dario, der soeben gekommen ist, mit einem Handschlag. Auch Clara erhebt sich, um ihn willkommen zu heißen. Als ich sie betrachte, wird mir klar, dass ich die Einzige bin, die nicht wirklich mit Dario befreundet ist. Seine Anwesenheit löst ein heimeliges Beben in meiner Bauchgegend aus. Plötzlich fühle ich mich ein bisschen vollständiger. Ich will ihn weiterhin an meiner Seite wissen, als Freund.

Als er von Clara ablässt, fällt sein Blick auf mich. Ein nebeliger Schleier lässt seine eisblauen Augen grauer erscheinen, und wenn ich mich nicht täusche, liegt in ihnen Wut, eine unfassbare Wut. Es vergeht eine Weile, bis er sich zu mir beugt, und mir einen Kuss auf die Wange drückt.

»Kommst du zurecht?«, fragt er, nachdem seine Lippen meine Haut verlassen.

Ich stocke, denn ich weiß nicht, was ich darauf antworten soll. Wortlos starre ich in seine zornigen Pupillen und bringe keine Silbe heraus. Ich weiß nicht mal, weshalb ich eigentlich sauer bin. Möglicherweise deshalb, weil er ohne meine Erlaubnis das Gästezimmer blockiert hat. Eventuell auch, weil er von einem Tag auf den anderen gegangen ist und sich kein einziges Mal gemeldet hat, obwohl es das war, was ich ursprünglich wollte. Vermutlich spielt alles zusammen eine Rolle.

Er erforscht weiterhin meine Miene, obwohl ihn eine dünne Brünette vollquatscht. Das ist typisch für ihn. Dario steht auf Partys nicht lange alleine rum. Es gelingt ihm, die Frauenherzen zu erwärmen, was vermutlich auf sein Aussehen zurückzuführen ist. Seine dunkelblaue Anzughose sitzt wie angegossen, als wäre sie maßgeschneidert. Sein langärmeliges, weißes Hemd hat er bis zu den Ellbogen übergestreift, und an den Unterarmen blitzen seine farbigen Tattoos hervor.

Unaufhörlich bestaune ich seinen roten Drachen am rechten Unterarm und würde zu gerne wissen, was diese Inschrift, direkt unter der Zeichnung, zu bedeuten hat. Ich mache kein Geheimnis daraus und schiele offensichtlich zu ihm rüber. Nein, vielmehr starre ich unablässig auf seine kunstvollen Tattoos. Einerseits so existent, andererseits so unwirklich. Er schiebt das Whiskyglas, welches er in seiner Hand hält, in mein Blickfeld. Der scharfe Geruch steigt direkt in meine Nase, und ich greife zu dem bernsteinfarbenen Getränk. Der beißende Geschmack löst ein leichtes Kribbeln in mir aus. Ich behaupte nicht, dass mir der Whisky schmeckt, trotzdem nehme ich einen kräftigen Schluck davon. Danach drücke ich das Glas zurück in seine Hand. Er nimmt es an sich, ohne die Plauderei mit der Brünetten zu unterbrechen.

»Seit wann trinkst du so harte Getränke?« Clara ist weder besorgt noch vorwurfsvoll, sondern neugierig.

»Schätze, seit ich meinen Lebenspartner verloren habe.« Dabei ringe ich mir ein Lächeln ab, was sie hörbar nach Luft schnappen lässt. Ich beruhige sie, indem ich ihr mit einer wegwerfenden Handbewegung anzeige, dass sie sich nicht den Kopf zerbrechen muss. »Du brauchst dich nicht zu sorgen«, versichere ich ihr einmal mehr.

»Ach ja?« Sie beäugt mich aus misstrauischen Augen.

»Ich muss mal«, erkläre ich, dabei tätschle ich ihr beruhigend den Oberschenkel und lasse sie mit Ben zurück.

Nachdem ich mich frisch gemacht und meinen Lipgloss aufgetragen habe, verlasse ich Finns Badezimmer. Himmel, was für eine Wohltat. Darin riecht es wie in einem Blumenladen. Herrlich, ich hätte ewig dortbleiben können. Doch irgendjemand hätte nach mir gesehen und ich wäre wohl in Erklärungsnot geraten. Deshalb schlurfe ich nun durch den Flur, der von einigen Gästen blockiert wird, zurück ins Wohnzimmer. Dort angekommen, linse ich in Richtung Couch, auf der sich Clara und Ben ausgelassen unterhalten. Sie sehen befreit und glücklich aus. Zuletzt hatten sie einige Meinungsverschiedenheiten, deshalb will ich sie nicht weiter stören und lasse den Blick weiterwandern, in der Hoffnung, Finn zu entdecken. Vergebens. Anstatt ihn in der Menge auszumachen, landet mein Augenpaar auf Dario, der mit dem Whiskyglas in der Hand und einem unverwechselbaren Schlafzimmerblick lässig gegen die Wand lehnt. Eine zart gebaute Rothaarige, mit einer üppigen Oberweite, die für ihre zierliche Figur viel zu groß ist, unterhält ihn. Unnachgiebig studiere ich seine Bewegungen. Nicht ausgeschlossen, dass ich die beiden zu lange angestarrt habe, denn Darios Augen wandern unerwartet in meine Richtung. Erschrocken, von ihm ertappt worden zu sein, wende ich mein Gesicht ab und drehe ihnen den Rücken zu.

Ich habe die Hoffnung, Finn anzutreffen, als ich den unteren Stock durchquere, doch ich entdecke ihn nicht. Meine Stimmung kippt allmählich und ich fühle mich einsam. Clara hat Ben und Finn hat sich vermutlich mit einer verheirateten Frau zurückgezogen. Das ist seine Achillesferse. Ehefrauen ziehen ihn magisch an. Selbst wenn attraktive, junge Frauen Schlange stehen, er interessiert sich nicht für sie. Er macht kein Geheimnis daraus, was die Schönheiten nur noch mehr anspornt, und umso öfter er sie abblitzen lässt, desto eifriger suchen sie seine Aufmerksamkeit.

Tja, und Dario? Der hat sich selbst und seine Bettgeschichten. Ich weiß nicht wirklich was darüber,

Paul hielt sich damit immer bedeckt. Doch ab und an bekam ich die Gespräche am Rande mit. Er ist kein Mann von Traurigkeit, was mich nicht wundert. Genauso wie Finn, umwerben ihn andauernd gut aussehende Frauen.

Die anderen Gäste kenne ich nur flüchtig. Das waren Bekanntschaften von Paul, die ich nur wenige Mal gesehen, wenn überhaupt Worte mit ihnen gewechselt habe.

Nach einer Zeit des Beobachtens komme ich in die Küche und genieße einen Moment der Ruhe. Zufrieden stelle ich fest, dass hier, außer leeren Getränkeflaschen und einer Menge Unordnung, niemand ist.

Kurz überlege ich, mich ohne Verabschiedung davonzustehlen. Clara würde sich bestimmt sorgen, und selbst wenn ich ihr mit einer Nachricht versichere, dass es mir gut geht, würde sie sich die halbe Nacht über Vorwürfe machen, mich aus den Augen gelassen zu haben.

Anstatt die Party zu verlassen, fixiere ich die Dunkelheit durch das große Küchenfenster hindurch an. Der Vollmond wird von einer leichten Wolkendecke getrübt und doch ist er so präsent, dass er mich in seinen Bann zieht, sodass ich jegliches Gefühl für die Zeit verliere. Stehe ich seit Minuten oder Stunden hier?

»Lass uns verschwinden.« Darios kraftvolle Stimme löst eine sanfte Gänsehaut auf meiner Haut aus.

»Und wenn ich hierbleiben will?«, wende ich mich ihm zu und funkle ihn an.

»Weil dir die Party so gut gefällt oder weil du dich seit zehn Minuten nicht von dem Ausblick abwenden kannst?«

»Hast du mich etwa beobachtet?«, frage ich überrascht.

Genervt rollt er mit den Augen. »Ja, geschlagene zehn Minuten.«

Die Tatsache, dass er schon länger dasteht, lässt mich nach Luft schnappen.

»Komm schon, lass uns gehen«, haucht er und legt unheimlich viel Sanftheit in seine Stimme, sodass ich augenblicklich einknicke.

»Deine Eroberung?«, hake ich nach, woraufhin seine Mundwinkel freudig zucken, so als würde er meine Frage genießen. Die Antwort bleibt er mir allerdings schuldig.

Später im Wagen, nachdem wir eine kleine Ewigkeit diskutiert haben, ob wir sein oder mein Fahrzeug nehmen sollen, schweigen wir beide. Irgendwie liegen Tausende Fragen auf meiner Zunge, doch keine will über meine Lippen kommen. Wo war er die ganze Zeit? Warum hat er sich nicht gemeldet? Wohin fahren wir jetzt? Und warum zur Hölle hat er schon wieder einen neuen Wagen? Zugegeben, Piloten haben ein erstklassiges Gehalt, aber so gut? Letztens saß ich noch auf dem Beifahrersitz eines Mercedes und nun in diesem schnittigen, schwarzen Ford Mustang?

Geschickt manövriert er den Wagen seitlich in eine kleine Parklücke, die sich in einer Seitenstraße der Innenstadt befindet. Er stellt den Motor ab, schwingt sich aus dem Wagen und ich bleibe sitzen. Es gibt keinen besonderen Grund, weshalb ich meinen Allerwertesten noch fester in den Sitz drücke, ich tue es einfach.

Jetzt öffnet er meine Tür und guckt mich mit einer hochgezogenen Augenbraue an. »Willst du nicht mitkommen?«

»Eigentlich wollte ich … ich dachte … du würdest …«

»Jetzt komm schon«, unterbricht er mein Gestammel.

Zögernd ergreife ich seine Hand, die er mir hinhält, um mir aus dem Mustang zu helfen. Sobald ich auf den Füßen stehe, lasse ich sie los und streife mein Kleid, das während der Fahrt nach oben gerutscht ist, zurecht. Ich erahne ein Zucken auf seinen Mundwinkeln. »Wage es nicht!«, drohe ich mit erhobenem Zeigefinger. Daraufhin hält er seine Hände entschuldigend in die Höhe, und ein spitzbübisches Lächeln huscht über sein Gesicht.

»Und? Was machen wir jetzt?«

»Sei doch nicht so ungeduldig.« Er grinst.

Neugierig beäuge ich ihn und frage mich, was er im Schilde führt. »Ich habe keinen Appetit, falls du in ein Restaurant willst.«

Er setzt schon zum Gehen an, als ihn meine Worte zum Stillstand zwingen. Ruckartig fährt er zu mir herum und packt mit seinen Händen meine Unterarme. Durch die grobe Berührung zucke ich heftig zusammen. Er fixiert mich mit einem düsteren Gesichtsausdruck, sodass ich mich augenblicklich versteife.

»Wie viel wiegst du noch? 45 Kilo?«

Mein Herz beginnt, wie wild zu pochen. Was bildet er sich bloß ein. »Das geht dich nichts an«, brülle ich hysterisch und bin erschrocken, als meine Stimme in der schmalen Seitengasse widerhallt.

»Wir gehen jetzt ins Restaurant und essen eine Kleinigkeit. Solltest du auf den Gedanken kommen, auf die Toilette zu müssen, werde ich dich begleiten.« Mit seinem wütenden Gesichtsausdruck klingt das nicht wie ein Vorschlag, sondern vielmehr wie eine Drohung. Mir bleibt nichts übrig, als hörig zu nicken. »47 Kilo«, bringe ich schließlich hervor.

Kurze Zeit darauf sitzen wir uns bei einem Japaner, wo ich meine Sushi-Röllchen mit den Stäbchen massakriere, gegenüber. Ich habe mir eines in den Mund gesteckt und kaue bereits seit Ewigkeiten darauf herum. Anstatt weniger zu werden, fühlt es sich so an, als würde es immer mehr in meinem Mund, und es kostet einiges an Kraft, diesen Brocken hinunterzuschlucken. Wenn ich daran denke, dass Dario mich weiterhin mit Argusaugen belauert, und mitbekommt, dass ich erst eines gegessen habe, wird mir speiübel. Immerhin liegen weitere sieben große Bissen vor mir.

Im nächsten Moment nehme ich wahr, wie Dario seine Stäbchen zur Seite legt und sich räuspert. »Wollen wir darüber sprechen?«

Wie ein trotziges Kind schüttle ich den Kopf und starre unablässig auf den Teller.

»Wie viel Gewicht hast du im letzten Monat verloren?« Sein Ton ist weicher als vorhin. »Sieh mich an«, drängt er.

Es dauert etwas, bis ich dazu bereit bin, ihm direkt in seine schimmernden Augen zu sehen. Als sich unsere Blicke treffen, erzittere ich. Ich fühle mich ertappt. Es ist, als könne er in mir lesen, als sähe er, wie es tief in mir drinnen aussieht. »Zehn Kilogramm«, gestehe ich flüsternd.

Schmerz spiegelt sich in seinem Angesicht wider.

»Zwei Stück«, stößt er zwischen zusammengebissenen Zähnen hervor.

Ich will keine Last für ihn sein, und noch weniger soll er sich meinetwegen sorgen, deshalb willige ich ein und nicke.

Nachdem ich zwei Stück hinuntergewürgt habe, überzeuge ich Dario davon, dass ich für kleine Mädchen muss. Er will mich tatsächlich zur Toilette begleiten. Erst als ich ihm androhe, auf der Heimfahrt in seinen Mustang zu pinkeln, wenn ich jetzt nicht augenblicklich aufstehen darf, gibt er sich geschlagen.

Als ich die Klospülung betätige, beginnt mein Magen, wild zu rumoren. Wie lange habe ich nichts mehr gegessen? Ich erinnere mich nicht. Ich weiß nur, dass mir jedes Mal übel war, nachdem ich gegessen hatte, deshalb wurden die Portionen immer kleiner, und irgendwann habe ich nichts mehr gegessen. Der Kühlschrank steht leer.

Ich erschrecke, als ich aus der Toilette komme, mir die Hände waschen will und dabei Dario entdecke. Inmitten der Damentoilette steht er, als wäre es nichts Außergewöhnliches. »Du hast mir beim Pinkeln zugehört? Spinnst du!«, rufe ich laut.

Genervt verdreht er die Augen. »Ich wollte nur sichergehen.«

»Du dachtest, ich will hier drinnen kotzen?« Meine Stimme überschlägt sich. »Das wollte ich auch, aber es ging nicht!«, blaffe ich.

»Beruhige dich. Ich warte beim Wagen.« Er legt eine absolute Fürsorge in seine Stimme, die allerdings nur mäßig wirkt.

»Ich nehme ein Taxi«, donnere ich ihm stur entgegen. Woraufhin er alarmierend nahe an mich herantritt.

»Ich fahre dich«, erklärt er bedrohlich leise, während sein Unterkiefer unaufhörlich mahlt. Doch dann lässt er plötzlich locker und macht auf dem Absatz kehrt.

Natürlich laufe ich nicht in die Richtung des Wagens, sondern schlage den entgegengesetzten Weg ein. Ich marschiere, wütend klopfe ich meine Stöckelschuhe in den Asphalt. Spätestens nach ein paar Metern werden sie vermutlich kaputt sein, und ich kann sie im Müll entsorgen. Doch das ist mir egal, ich stapfe weiter und lasse den ganzen Groll aus mir raus. Den Zorn auf Dario. Die Wut auf mich. Die Wut auf Paul, weil er mich hier zurückgelassen hat. Die Wut auf die Welt.

Es dauert nicht lange, und ich mache schnelle, große Schritte hinter mir aus, während ich fortwährend meine Füße in den Boden hämmere. Plötzlich spüre ich zwei kraftvolle Hände an meiner Taille, die mich zurückhalten und mit Schwung herumwirbeln.

»Es tut mir leid«, flüstert die Stimme nahe an meinem Ohr.

Meine Atemzüge werden immer schneller, ich drohe, zu kollabieren. »Was genau?«, frage ich atemlos, und die Sekunden verstreichen, während ich auf eine Antwort warte.

»Dass ich dich alleingelassen habe.«

Würde er mich nicht fest mit seinen Armen umschlungen halten, würden meine Knie augenblicklich nachgeben und ich auf dem Asphalt niedersacken. Ich widersetze mich nicht weiter und lasse meinen Ballast los und lege die Last in Darios starke Arme, die mich ohne Probleme auffangen.

»Lass uns gehen«, haucht er an meine Wange und verstärkt den Griff um meine Mitte. Die Wärme, die mich umgibt, der Duft seines Parfums vermischt mit seinem eigenen wohligen, holzigen Geruch lassen mich gehorchen.

Eine gute Stunde später befinden wir uns in meinen vier Wänden. Dario wandert umher und bestaunt die kleinen Veränderungen, die Clara und ich vorgenommen haben. Als wäre es selbstverständlich, bedient er sich an Pauls Spirituosen und schenkt sich ein Glas Whisky ein. Er hält das Glas gegen das Licht, schwenkt es leicht, bevor er es an seine vollen Lippen führt. Ich will nicht hinstarren und tue es doch. Verflixt. Als hätte ich keine anderen Sorgen.

»Den habe ich Paul letzten Winter aus Schottland mitgebracht«, erklärt er gedankenverloren, dabei legt sich ein grauer Schatten über seine Augen. Ich betrachte ihn, während er rastlos über den Holzboden schlendert.

»Willst du dich denn nicht setzen?«

Doch er ignoriert den Vorschlag und tänzelt weiterhin vor meiner Nase rum.

»Wie läuft es beim Fliegen?«, hake ich nach, dabei schnellt sein Blick zu mir, als hätte ich ihm eine ungeheuerliche Frage gestellt. »Okay, du sprichst also nicht mehr mit mir«, stelle ich nach einer Weile des Schweigens fest.

»War das jemals anders?«, fordernd stellt er die Gegenfrage, während er mich erwartungsvoll anfunkelt. Manchmal sieht er mich mit einer unfassbaren Wärme an und dann wieder, so wie jetzt, liegt Eiseskälte in seinem Ausdruck.

»Nicht wirklich«, gebe ich nach einer kurzen Pause zu, will mich schon abwenden, um ihm einen Moment Zeit zu verschaffen, als er sich einen Hocker schnappt und zu mir an den Tresen rückt.

»Er fehlt mir«, gibt er mit gesenktem Blick zu.

»Ich weiß«, flüstere ich, gleichzeitig erschauere ich bei seinem Anblick. Wie ein Stromschlag durchfährt mich die Tatsache, dass nicht nur ich einen Verlust zu verschmerzen habe, sondern auch sie. Pauls Freunde. Ich war die ganze Zeit über so mit mir beschäftigt, dass ich nicht darauf geachtet habe, wie sehr er ihnen fehlt.

Zu keiner Sekunde habe ich Dario in einem derart scheußlichen Zustand gesehen, weshalb ich kurz damit hadere, meine Hand tröstend auf seine Schulter zu legen. Dennoch ziehe ich sie wieder zurück, noch bevor sie ihn berührt.

»Der Schmerz ist kaum zu ertragen. Vor allem, wenn ich sehe, wie heftig du leidest.«

Meine Augen füllen sich mit Tränen. Ich kämpfe und schlucke den Kloß, den seine Worte in meinem Hals verursachen, hinunter.

»Hast du dich deshalb nicht gemeldet?«

Er erhebt sich, dabei liegt sein Blick bedeutungsschwer auf mir.

»Ich konnte nicht anders.«

Er greift nach dem Whiskyglas und kippt es mit einem großen Schluck runter. Und dann beschleicht mich mein Gewissen. Wie konnte ich erwarten, dass er unaufhörlich an meiner Seite ist? Wie egoistisch bin ich eigentlich?

»Kann ich irgendwas für dich tun?«, frage ich mit gebrochener Stimme, weil ich mich ungeheuer schuldig fühle. Es muss etwas geben, das ich für Dario tun kann, nachdem er Tag und Nacht für mich da war.

»Hungere dich nicht zu Tode.«

Seine Worte lassen mich schwer schlucken. Ich will mich von ihm abwenden, doch begreife rechtzeitig, dass er es nicht böse meint. Er sorgt sich um mich. »Ich gebe mein Bestes.«

Vier

Die Zeit verstreicht und jeder Tag gleicht dem anderen. So in etwa fühlt sich mein neues Leben an. Meine Freunde bemühen sich, mich auf andere Gedanken zu bringen. Sie kümmern sich rührend um mich, nehmen mich mit ins Kino, zum Essen und zu sonstigen Aktivitäten. Clara wollte mich sogar auf ihren jährlichen Liebesurlaub in die Therme mitschleppen. Vehement wehrte ich mich dagegen. Mit Erfolg. Die Erleichterung war Ben anzusehen, als Clara schlussendlich lockerließ.

Inzwischen telefoniere ich auch in regelmäßigen Abständen mit Dario. Das fühlt sich nicht mehr so gequält an, so, als wäre er gezwungen, sich um mich zu kümmern. Manchmal lehnen wir uns weit aus dem Fenster und scherzen sogar ein kleines bisschen miteinander. Zwischen uns tut sich scheinbar eine neue Ebene auf, an der ich Gefallen finde.

Er war zwei Wochen in Russland, um dort über irgendwelche länderübergreifenden Änderungen der Flugsicherung zu referieren. Jedenfalls soll er in wenigen Minuten, zusammen mit Clara, Finn und Ben, aufschlagen. Das Popcorn poppt in der Mikrowelle, die Nachos brutzeln im Backofen und im Kühlschrank liegen Bier und Cola bereit.

Ich kann es nicht mit Sicherheit sagen, aber ich glaube, es ist der erste Abend, an dem ich mich auf die gemeinsame Zeit mit meinen Freunden freue. Sieben Wochen ist es her, seitdem ich mich freudlos durch die Tage quäle und endlich beginnt der bleierne Ballast, zu bröckeln.

Anstatt der Klingel nehme ich das Sperren des Schlüssels im Schloss wahr und muss augenblicklich schmunzeln. Es ist Dario. Er hat den Schlüssel ungefragt behalten und kommt seither, wenn er in der Stadt ist, nicht auf die Idee, zu klingeln. Ich hatte ohnehin schon befürchtet, dass er seine Wohnung inzwischen gekündigt hat, als ich letztens nach seiner Abreise feststellte, dass einige seiner Klamotten im Gästezimmer herumlagen.

Schwungvoll drängt sich Finn mit zwei Flaschen Rotwein in den Händen an Dario vorbei, gefolgt von Clara, die mit zwei Tafeln Schokolade winkt. Ben und Dario tauschen unverständliche Blicke miteinander aus, dabei kann ich ein Lachen nicht zurückhalten. Woraufhin mir meine Freundin um den Hals fällt.

»Du lächelst wieder«, stellt sie fröhlich fest und drückt mich fester an sich, sodass ich Schwierigkeiten beim Atmen habe und japsend nach Luft ringe.

Nachdem mich Clara eine gefühlte Ewigkeit vereinnahmt hat, machen wir es uns auf der Couch gemütlich. »Du musst klingeln!«, schimpfe ich mit Dario, der zuvor, nicht nur sich, sondern auch meinen Freunden den Zutritt in meine vier Wände verschafft hat.

»Hast du Angst, wir könnten dich mit einem Typen im Bett erwischen?«, triezt er mich und ein sexy Lächeln huscht über seine Lippen, das mich ein klein wenig aus der Bahn wirft.

Erst als sich meine Miene versteinert und ich ihn fassungslos anstarre, werden ihm seine Worte bewusst. Ich erschauere bei dem Gedanken daran, nicht mit Paul, sondern mit irgendeinem anderen Mann das Bett zu teilen.

»Hör zu, das war nicht so gemeint«, stammelt er, dabei verfinstert sich sein Gesichtsausdruck und ich könnte schwören, er hasst sich gerade selbst für diesen dämlichen Spruch.

Ich will uns den Abend nicht verderben, denn ich habe mich schon so darauf gefreut, ein paar unbeschwerte Stunden mit meinen Liebsten zu verbringen. Deshalb winke ich ab und bringe ihn mit einer Handbewegung zum Schweigen.

»Entschuldige dich nicht. Das wird früher oder später passieren«, sage ich leichthin, jedoch verrät mich meine gebrochene Stimme.

Prüfend ruht sein schwerer Blick auf mir und bevor ich gleich in Tränen ausbreche, weil wir hier über mein Leben sprechen, zaubere ich mir ein Lächeln aufs Gesicht. Es fühlt sich unecht an, und ich habe Mühe, es zu halten. »Lasst uns den Film gucken«, überspiele ich fröhlich. Natürlich entgehen mir ihre besorgten Mienen nicht, doch ich ignoriere sie.

Wir sehen uns Deadpool an und können uns vor Lachen kaum halten. Vielmehr ist es ein brüllendes Kreischen, uns stehen die Tränen ins Gesicht. Finn kugelte vor wenigen Minuten noch am Boden herum.

In der Zwischenzeit hat Dario die Schüssel mit Popcorn an sich gerissen und lässt uns nicht ran. Er hat sie vollkommen für sich beschlagnahmt. Ab und an wirft er ein Popcorn in meine Richtung, um dann so zu tun, als wäre er es nicht gewesen. Das erinnert mich an meine Kindheit, als wir keine zehn Jahre alt waren und zu Geburtstagen ins Kino gingen. Meine damaligen Freundinnen, heute allesamt Hochschulabsolventen, warfen das Knabberzeug in die vorderen Reihen. Wenn sich jemand umdrehte, zogen wir die Köpfe ein. Logischerweise blieben wir nicht lange unentdeckt, und man brummte uns ein Hausverbot auf. Doch kurze Zeit darauf kamen wir in die Pubertät, sahen verändert aus, und die Betreiber gaben uns eine zweite Chance.

Ich gackere, als Dario mir Popcorn in die Haare wirft und mich mit einem weiteren vor meinem Mund lockt. Als ich die Lippen öffne, um es mir zu schnappen, katapultiert er auch dieses in mein Haar. Daraufhin neige ich den Kopf zur Seite und sehe ihn vorwurfsvoll an. Er hingegen starrt auf den Fernseher und tut so, als wäre nichts geschehen.

Während ich meine Aufmerksamkeit zurück zum Film lenke, spüre ich, wie sich Claras Blick in meine Seite bohrt. Und augenblicklich fühlt sich mein Verhalten unerlaubt an. Mache ich etwas falsch? Ist es unrecht, Spaß zu haben? Andererseits sind wir alle, die wir hier aufgereiht sitzen und diesen Abend miteinander verbringen, Freunde. Gehört das nicht dazu, sich zu necken und gegenseitig hochzuschaukeln? Wie auch immer er das macht, Dario hat meinen Stimmungswechsel mitbekommen und starrt mich nun ebenfalls an. Die Blicke der beiden treiben mich in die Enge, dabei verengt sich mein Brustkorb auf eine unangenehme Weise. Ein furchtbares Kribbeln schlängelt sich von den Füßen aufwärts, hoch bis zu den Armen. Ich brauche Abstand. Und damit es nicht auffällt, schnappe ich mir das leere Wasserglas vom Couchtisch und verschwinde damit in die Küche, um für ein paar Minuten in Ruhe durch zu schnaufen.

Ich bleibe nicht lange alleine. Es vergehen nur wenige Sekunden, und Clara gesellt sich zu mir, um auch ihr Glas mit Wasser zu befüllen. Ich tue so, als würde es mir nicht weiter auffallen, dass sie genau jetzt das Bedürfnis verspürt, denn ich ahne, was gleich kommen soll. Bestimmt möchte ich nicht über Dario sprechen, auch nicht über irgendwelche anderen Dinge. Ich will doch nur diesen blöden Film gucken, und für ein paar Stunden den Alltag vergessen.

»Willst du darüber reden?« Oh mein Gott! Sie tut es doch, sie spricht mit mir!

»Was meinst du?«, frage ich und tue so, als würde ich nicht wissen, was sie meint.

»Hast du dich in ihn verliebt?«, platzt es unverblümt aus ihr heraus.

Überrascht weiten sich meine Augen. Ich habe mit vielem gerechnet, aber nicht mit dieser direkten Frage. »Das hast du jetzt nicht ernsthaft gefragt, oder?«, blaffe ich viel zu laut. »Wann hattest du das letzte Mal Sex?«, lege ich schnell nach, ohne ihre Antwort abzuwarten, dabei stemme ich meine Hände fest in die Hüften und warte provozierend auf ihre Antwort.

»Touché«, gibt sie kleinlaut von sich.

»Gott, Clara! Genieße ich seine Gegenwart? Ja! Habe ich Spaß mit ihm? Ja! Er war Pauls bester Freund, was denkst du nur … natürlich bin ich nicht in ihn verknallt«, wehre ich lautstark ab. »Ich bin doch keine neunzehn mehr und verliebe mich in den nächstbesten Typen!«

»Du benimmst dich, als wärst du gerade mal vierzehn.« Gelassen greift sie nach ihrer Haarnadel, die herauszufallen droht, und steckt sie sich geschickt mit einer losen Haarsträhne nach hinten. »Ich will nicht, dass du enttäuscht wirst. Das ist alles«, erklärt sie ruhig und schenkt mir ein warmes Lächeln. Ich atme erleichtert aus, als sie sich anschließend von mir abwendet. Doch dann hält sie abrupt inne.

»Zwischen Ben und mir läuft es wieder gut«, flüstert sie noch schnell, ehe sie verschwindet.

Mit einem schlechten Gewissen, weil ich ihre Beziehung aus dem Spiel hätte lassen sollen, warte ich noch eine Weile ab, bevor ich wieder zurückgehe.

Nachdem der Film zu Ende war, haben sich alle, bis auf Dario, von mir verabschiedet, um noch einen kurzen Abstecher in einen neuen Club zu machen. Wegen des Gespräches mit Clara hatte ich keine Lust, sie zu begleiten. Wir sind nicht im Bösen auseinandergegangen, trotzdem ist es wohl das Beste, ein wenig Abstand zwischen uns zu bringen. Womöglich hat sie recht und ich habe mich in den letzten Wochen zu sehr auf Dario konzentriert. Doch den Gedanken lasse ich gleich darauf fallen. Nein, wir sind Freunde und deshalb habe ich mir auch nichts vorzuwerfen. Ich gebe doch mein Bestes, jeden einzelnen Tag.

Als ich aus dem Badezimmer zurück ins Wohnzimmer laufe, ist es merkwürdig still geworden. Ein befremdliches Kribbeln breitet sich in mir aus. Dario steht mit einer schwarzen Lederjacke bekleidet im Türrahmen und sieht mich mit einer eisernen Miene an, seine Augen sind dabei so dunkel, dass ich mir nicht einmal mehr sicher bin, ob er denn tatsächlich blaue Augen hat. »Du gehst?«, erkundige ich mich mit bebender Stimme.

»Ich will auf einen Drink zu den anderen dazustoßen.« Er klingt ungewohnt kühl, was mich schwer schlucken lässt, so, als hätte ich einen Kloß im Hals.

Seitdem Dario bei mir übernachtet, habe ich es als das Normalste der Welt hingenommen. Doch das ist es nicht. Früher oder später wird er zurück in seine Wohnung gehen, er wird nicht weiter jede Nacht hier verbringen. Besser, wir beenden das jetzt, schließlich kann ich ihn nicht an mich binden, nur weil ich Paul so schrecklich vermisse. Das ist nicht gut, für keinen von uns. »Bleib hier.« Meine Lippen formen die Worte, hauchzart und kaum hörbar. Ich nehme wahr, wie er mit sich kämpft, unschlüssig ist, Vorteile und Nachteile abwiegt und mich dabei mit seinen leuchtend hellblauen Augen fixiert.

Ich will mein Flehen zurücknehmen und ihn wegschicken, als er wortlos seine Jacke auszieht, die

Schuhe abstreift und an mir vorbei ins Badezimmer wandert. Verwirrt darüber, weil er einerseits meiner Bitte nachkommt, aber andererseits keinen Ton von sich gibt, bleibe ich erstarrt zurück.

Nach wenigen Minuten höre ich seine Schritte auf mich zukommen. Nach wie vor harre ich an derselben Stelle aus, an der ich zuvor, als ich ihn kläglich darum bat, nicht zu gehen, stehen geblieben bin.

»Was ist los?«, fragt er mit rauer Stimme, dabei spüre ich, wie sein Augenpaar meines sucht. Allerdings kann ich meinen Blick gerade nicht von seinem nackten Torso losreißen. Ich bleibe an dem athletischen Körper mit den scheinbar unendlichen Tattoos hängen. Die grellen Zeichnungen, die wahrhaftig ein Meisterwerk sind, brennen sich in mein Bewusstsein ein. Ich sollte antworten, doch mein Mund fühlt sich staubtrocken an. Himmel, ich bin völlig verrückt geworden.

»Ich leg mich schlafen und morgen erzählst du mir in aller Ruhe, was dir am Herzen liegt.« Er legt Geduld und Mitgefühl in seine Worte, welche mir im selben Moment ein angenehmes Kribbeln bescheren. Dann schlüpft er an mir vorbei, dabei berühren sich unsere Arme für den Bruchteil einer Sekunde und genau an der Stelle bleibt ein heißes, brennendes Prickeln zurück. Wie sehr ich mich nach seiner Nähe sehne, wird mir in diesen Sekunden bewusst. Was, wenn Clara recht behält und ich mich in Dario verliebt habe? Der Gedanke gefällt mir kein bisschen, vielmehr macht er mir Angst. »Schlaf bei mir. Nur heute Nacht«, wispere ich und schicke im nächsten Augenblick Stoßgebete gen Himmel, in der Hoffnung, dass er das eben nicht gehört hat.

Die Bitte hat nichts gebracht, denn er hält blitzartig inne, vergräbt beide Hände in seinem Haar und lässt seine Finger eine Weile darin ruhen, ehe er sich langsam zu mir umdreht und mich mit einem qualvollen Ausdruck, den ich niemals zuvor bei ihm gesehen habe, betrachtet. In seinem Blick liegt unendlicher Schmerz. Meine Augen füllen sich mit Tränen und ich habe Mühe, sie zurückzuhalten.

Dann passiert das, was mir eine unerträgliche innere Leere beschert. Er lässt mich stehen. Er verschwindet im Gästezimmer. Tonlos, tatenlos und ohne mich einen klitzekleinen Augenblick anzusehen. Ich ringe um Fassung, nicht hier auf dem kalten Fliesenboden niederzuknien und um Hilfe zu flehen. Was ist mit mir geschehen? Was ist mit uns geschehen? Unsere Zeit war unbeschwert, und ich habe das, mit dem Wunsch nach seiner Nähe, zerstört. Ich habe die letzte Verbindung zu Paul gekappt.

Eine gute Stunde später liege ich immer noch hellwach im Bett und starre an die Decke. Meine Gliedmaßen fühlen sich erschöpft an, doch ich bin zu aufgewühlt, um ein Auge zuzutun. Was werde ich Dario morgen erzählen? Dass ich mich zu ihm hingezogen fühle, aber selbst nicht weiß, was das zu bedeuten hat? Ich ziehe die Decke ein Stück weiter nach oben, sodass nur ein winzig kleiner Teil meines Kopfes, gerade noch genug, um zu atmen, hervorlugt. Am liebsten würde ich mich vollkommen verkriechen und erst mehrere Monate später, wenn alles wieder eine gewisse Normalität angenommen hat, aus dem Versteck hervorkriechen. Nebenbei plagt mich auch noch mein Gewissen, denn niemals hätte ich Dario um diese Zuneigung bitten dürfen.

Ohne wirklich zu wissen, was ich gerade im Begriff bin, zu tun, schlage ich die Bettdecke zurück, so, als würde das Zimmer in Flammen stehen. Kopflos laufe ich raus, reiße die Tür zum Gästezimmer auf und lasse sie lautstark hinter mir zuknallen. Keuchend lehne ich mich dagegen und presse meinen Körper so fest gegen das Holz, bis ich auf meiner Wirbelsäule einen leichten Schmerz spüre. Meine Brust hebt und senkt sich, als wäre ich eben um mein Leben gerannt.

Kurz darauf nehme ich Darios Nähe wahr, wie er seine Hand an meine Wange legt und das unerträgliche Glühen lindert. Zuerst schmiege ich mich in seine Handfläche, bis ich mich gegen seine nackte Brust fallen lasse. Ich sauge an seiner beruhigenden Energie, die mich umgehend langsamer atmen lässt. Wir lehnen eine Weile aneinander, bis unser Atem im Einklang ist. Zaghaft wandern seine Hände an meine Hüften und ich stoße ein ungewolltes Keuchen aus, was mir augenblicklich peinlich ist. Prüfend suche ich seinen Blick, denn ich fürchte schon, die Stimmung zerstört zu haben. Irgendwie bleibe ich jedoch an seinen sinnlichen Lippen hängen, und mich überkommt die Lust, ihn zu küssen. Doch anstatt die Lippen auf meine zu legen, umspielt ein sexy Grinsen seine Mundwinkel und er zieht mich mit sich. Wir gleiten an sein Bett, worauf ich mich bereitwillig fallen lasse. Dabei umschließe ich seine Hand und ziehe ihn mit mir. Er zögert kurz, und im selben Moment entdecke ich das Entsetzen in seinem Gesicht. So falsch es sich anfühlt, so schwer es mir auch fällt, nicht an Paul zu denken, ich brauche das jetzt, seine Nähe, seinen Duft, seine Wärme.

Instinktiv streichen meine Finger über die tätowierten Stellen an seinem Arm und zeichnen die feinen Linien, bis hinauf zum Hals, nach. Ich beuge mich nach vorne, um ihm näher zu sein und suche im gedämpften Licht nach seinen Lippen. Seidig kommt mein Mund auf seinem zum Liegen und sein zuckersüßer Geschmack breitet sich in mir aus. Ich koste es aus, denn das hier fühlt sich himmlisch an.

»Ich bin nicht er«, haucht er, und in seiner Stimme liegt ein unausgesprochenes Flehen.

Mein Kuss wird drängender. Ich presse mich fester gegen ihn, bis sich seine Lippen teilen und seine Zunge zart auf meine trifft. Mein Puls rast, denn dieser Kuss überwältigt mich. Die Süße der Berührungen und der unendliche Geschmack seiner Liebkosungen treffen mich mit einer brachialen Wucht. »Du bist nicht er«, keuche ich und genieße die betörende Intimität zwischen uns. Ich küsse ihn, Dario, dessen bin ich mir nur allzu sehr bewusst, und das ist das, was ich will. Ich will ihn.

»Wir dürfen nicht weitergehen«, meint er nach einer Weile schwer atmend und schiebt mich ein Stück von sich. Ich brauche einen Moment, doch dann öffne ich lethargisch die Lider.

»Schick mich nicht weg«, hauche ich ihm entgegen, denn ich will auf keinen Fall zurück in mein kaltes, leeres Bett. Ich brauche ihn.

Seine Mundwinkel gleiten nach oben und offenbaren ein unverschämt schiefes Grinsen. Er genießt es, von mir gebraucht zu werden.

»Mach ich nicht«, flüstert er, während er mich vorsichtig an sich heranzieht, seinen Griff verstärkt und sein Gesicht in meinem Haar vergräbt. Augenblicklich scheint der Ballast von mir zu fallen und ich zerfließe unter seiner behutsamen Berührung.

Sonnenstrahlen fallen durchs Fenster herein, wärmen meinen linken Arm und mein Gesicht. Ich erwache mit einem Schmunzeln, was mir seit Wochen nicht mehr geglückt ist. Doch heute fühle ich mich ein Stück weit vollkommen. Als ich mich räkle, bemerke ich, dass Dario nicht mehr neben mir liegt und seine Betthälfte keine Spur von Wärme aufweist, was bedeutet, dass er schon früh aufgestanden ist oder sich nachts davongestohlen hat.

Bei dem Gedanken an gestern Abend wird mir mulmig zumute. Was habe ich angestellt? Und wird sich Dario deshalb distanzieren? Ich schüttle den Kopf, um die Vorstellung schnell zu vertreiben, denn ich wollte unsere Freundschaft unter keinen Umständen gefährden.

Plötzlich kriecht ein himmlischer Duft von frisch gebratenem Speck und Eiern meine Nase empor. Erst jetzt begreife ich, dass Dario mit einem Tablett voller Köstlichkeiten neben dem Bett aufragt.

Ich setze mich auf und blinzle ungläubig in seine Richtung. Wortlos stellt er das Tablett auf dem Nachttisch ab, setzt sich neben mich und reicht mir eine Kaffeetasse. Ich schnuppere kurz daran, ehe ich den ersten Schluck davon nehme. Der vollmundige Geschmack entfaltet sich auf meiner Zunge, dabei schließe ich kurz die Augen, um das Aroma in all seiner Sinnlichkeit auszukosten.

Aus Verlegenheit weiche ich, nachdem ich meine Lider wieder aufgeschlagen habe, seinem Blick aus. Stattdessen zupfe ich mit den Fingern am Kopfkissen herum. Meine Unruhe entgeht ihm nicht, seine Aufmerksamkeit richtet sich auf meine Hand. Dabei wollte ich das doch endlich sein lassen. Immer wenn ich nervös bin, ziehe ich an irgendwelchen Kleidungsstücken, Tischdecken oder sonst was herum. Glücklicherweise kommentiert er das nicht und eine unheimliche Stille füllt den Raum aus. Das macht es nicht besser. Um in dieser Situation irgendwas zu tun, nehme ich eine Portion vom Rührei. Doch bereits beim ersten Bissen bleiben mir die Stücke beinahe im Hals stecken, zumindest fühlt es sich so an. Es dauert ewig, bis ich alles runtergeschluckt habe.

Darios Miene verändert sich, er bringt mir Misstrauen entgegen und richtet seine Aufmerksamkeit zu sehr auf meinen Mund. Es stört mich, von ihm beäugt zu werden. Noch mehr stört es mich, dass sich mein Magen zuschnürt und ich kein bisschen mehr essen kann.

»Es ist wohl genug.« Seine Finger legen sich zärtlich um meine Hand. Langsam zieht er mir die Gabel unter den Fingern weg und legt sie zurück aufs Tablett. Er muss sich dazu nicht äußern, natürlich ist ihm das Offensichtliche nicht entgangen. Und kurz schmachte ich dem Moment unserer Berührung nach. Das Gefühl der Vollkommenheit von letzter Nacht kehrt zurück. »Du brauchst Hilfe«, sagt er behutsam und lässt seine Stimme weich klingen. Trotz der Vorsicht bringen mich seine Worte zurück in die Realität, und das wohlige Gefühl, das vorhin aufgekommen ist, verfliegt.

Zuerst schüttle ich wild den Kopf, bis sich meine Augen mit Tränen füllen. Ich öffne mich, gebe mich den Emotionen hin, lasse sie raus und sehe dabei direkt in seine eisblauen Augen, die mir in den letzten Wochen unendlichen Trost geschenkt haben.

»Ich besorg dir einen Termin«, bietet er an und fängt mit seinem Finger eine Träne, die von meinem Kinn zu tropfen droht, auf. Hastig wische ich meine Wangen trocken und lächle verlegen. »Der Kuss gestern -« Er lässt mich nicht aussprechen und fällt mir ins Wort.

»Wird nicht wieder geschehen«, sagt er entschlossen. Ich brauche einen Moment, um zu begreifen, doch dann stimme ich ihm zu. »Ich habe Flüge reinbekommen und werde zwei Tage unterwegs sein.«

Das überrascht mich, denn sonst weiß er zumindest einige Zeit davor, wann es losgeht. »Russland?«, mutmaße ich.

»Paris und anschließend Sizilien.«

»Schön.« Ich räuspere mich. Er will keine Zeit verlieren, denn er beginnt augenblicklich, seinen Kulturbeutel und eine Hose in den Koffer zu packen.

Einige Kleidungsstücke bleiben auf dem Ohrensessel zurück. »Du solltest die Sachen in deine Wohnung bringen.« Ich deute mit dem Zeigefinger auf sein restliches Zeug. Die Worte sprudeln unüberlegt aus mir heraus. Will ich denn, dass er verschwindet?

»Vielleicht«, murmelt er. Während er sich seine dunkelblaue Jacke über die Schultern wirft, fällt ein schwarzes Etui heraus. Blitzschnell fängt er es mit seiner freien Hand auf und verhindert so, dass es auf den Boden fällt. Als er es in seinen Händen hält, steht die Lederschnalle offen, und ein silbernes, kleines Werkzeug kommt zum Vorschein.

»Ein Dietrich-Set?« Ich sehe überrascht zu ihm auf.

Auch er wirkt verwundert. »Du kennst ein Dietrich-Set?«, bemerkt er anerkennend, verschließt es daraufhin wieder und steckt es zurück in die Jackentasche.

»Mein Vater war Handwerker.« Ich war oft mit ihm unterwegs, um Türschlösser auszuwechseln. Häufig sogar, denn meine Eltern mussten nahezu andauernd arbeiten. »Ich kann einen Zylinder in nur wenigen Minuten tauschen.« Ich zwinkere ihm stolz zu.

Er lacht auf. »Beeindruckend.«

Ich bin mir nicht sicher, für wen dieser Spaziergang gedacht war. Für mich oder Clara? Es war ihre Idee, wieder mehr nach draußen zu gehen, um den Kopf freizukriegen, doch dabei dachte ich an erster Stelle an mich. Besser gesagt, nahm ich an, dass sie mich auf andere Gedanken bringen will.

Tatsächlich spricht sie ohne Punkt und Komma über ihre Beziehung. Über Bens Fernsehsucht, über seine Faulheit, dass er im Haushalt nicht mithilft und noch nicht mal den Müll rausbringt. Es fühlt sich nicht richtig an, denn immerhin bin auch ich mit Ben befreundet. Zweifellos ist sie meine beste Freundin, und ich sollte diejenige sein, bei der sie sich über ihren Freund auskotzen darf, und trotzdem bleibt ein fahler Geschmack zurück.

»Hm«, murmle ich, als sie eine kurze Pause einlegt.

Sie beäugt mich misstrauisch.

»Glaubst du mir nicht?« Genervt wirft sie ihre Hände in die Luft.

»Doch. Natürlich.« Wie kann ich das verpacken, ohne sie zu kränken? Soll ich sie direkt fragen, ob sie Ben überhaupt noch liebt oder ihr unverblümt sagen, dass sie froh sein kann, immerhin lebt ihr Freund noch? »Sprich mit ihm. Das sind doch alltägliche Konflikte, die meisten Leute haben mit solchen Dingen zu kämpfen, und wenn du ihn liebst, dann bekommt ihr das wieder hin.«

In der Zwischenzeit haben wir angehalten und ich streichle beruhigend über ihren Oberarm. »Scheiße! Du hast Paul verloren und ich texte dich mit meinen lächerlichen Problemen zu.«

Ich schenke ihr ein aufrichtiges Lächeln und ziehe sie in eine Umarmung. »Für mich mögen sie klein erscheinen, doch nicht für dich. Du kannst nicht dein ganzes Leben darauf Rücksicht nehmen. Die Wochen vergehen, es wird besser. Die Zeit ist gekommen. Ich muss nach vorne blicken und da gehören die Probleme meiner besten Freundin dazu.«

Sie blinzelt sich die Tränen aus den Augen, die gegen das Sonnenlicht in einem hellen Grauton schimmern. »Ich hab dich so unfassbar lieb.« Sie zieht mich zurück in ihre Arme, während wir mitten auf dem Platz, an dem im Sommer der Jedermann, ein berühmtes Theaterstück, das alljährlich zu den Festspielen aufgeführt wird, stehen. Touristen laufen an uns vorüber, doch wir lassen uns durch nichts stören und wiegen uns in den Armen.

Die Minuten verstreichen und mittlerweile bin ich es, die an ihrer Schulter schnieft. »Ich habe Dario geküsst und nun ist er abgehauen«, gestehe ich.

Jetzt ist sie es, die ihre Hand beruhigend auf meinem Rücken kreisen lässt.

»Er hätte vor zwei Tagen zurück sein sollen, aber er ist nicht gekommen«, schluchze ich.

Langsam löse ich mich von ihr, um sie anzusehen und ihre Reaktion abzuschätzen. Tatsächlich starrt sie mich für eine gefühlte Ewigkeit geschockt an. »Ihr habt euch geküsst? Ich will alles hören!«, ruft sie schließlich und in ihrer Stimme schwingt neben einer Portion Neugierde doch tatsächlich Freude mit.

Ein Stein fällt mir vom Herzen, denn ich konnte ihre Reaktion, wenn sie vom Kuss erfährt, überhaupt nicht einschätzen. Erleichtert darüber, dass sie nicht den Moralapostel gibt, verdrehe ich übertrieben theatralisch die Augen. »Ich war traurig, hab ihn geküsst und er hat den Kuss aus Mitleid erwidert. Anschließend schliefen wir ein und am nächsten Morgen hat er mir unmissverständlich zu verstehen gegeben, dass das eine einmalige Sache war.«

»Klingt nicht wie im Märchen.«

»Klingt, als wollte er das nicht. Ich ja auch nicht. Aber … und es ist doch nicht richtig. Ach …«

»Es ist verdreht.« Sie lächelt verlegen.

»Das trifft es wohl.« Schwerfällig setzen wir unseren Gang fort und laufen in eine etwas ruhigere Richtung, weg von dem ganzen Trubel.

»Glaubst du, er hat Gefühle für dich? Ich meine, er kümmert sich so rührend um dich. Außerdem weicht er kaum eine Minute von deiner Seite«, höre ich sie sagen, dabei entfährt mir ein Schnauben.

»Ehrlich? Nein. Bestimmt hat er mich nur geküsst, weil ich ihm so unfassbar leidtue.«

»Es wäre schade um eure Freundschaft«, gibt sie zu bedenken und sie hat recht. Darauf erwidere ich nichts, denn ich will mir ein Leben ohne Dario nicht ausmalen.

Inzwischen genießen wir die eingekehrte Stille zwischen uns. Ich vermute, dass Clara nach den passenden Worten sucht. Sie forscht danach, um mich aufzubauen, mir sagen zu können, dass alles wieder seine Ordnung bekommt. Und obwohl ich die Lüge gerne hören würde, besonders aus ihrem Mund, weil sie meine Freundin ist und ich ihr blind vertraue, weiß ich zu gut, dass mir dieses Versprechen niemand geben wird.

Nachdem ich nach dem ausgiebigen Spaziergang mit Clara in meine Wohnung zurückkehre, hallen ihre Worte in einer Dauerschleife in mir wider. Deshalb entscheide ich, dass die Zeit gekommen ist. Ich muss mich wieder spüren, will das Leben in jeder einzelnen Pore meines Körpers fühlen. Die Taubheit, die sich eingeschlichen hat, loswerden, und endlich wieder die Wärme spüren, auch ohne Darios Hilfe. Nur in seiner Gegenwart, bei den zufälligen Berührungen, konnte ich das Leben erahnen. Gewiss ist das nicht der richtige Weg, das würde mich in eine unendliche Abhängigkeit führen und weder mir noch Dario guttun.

Ich räume den Stapel von Selbstfindungsbüchern, die ich in den letzten Tagen allesamt gelesen habe, in mein Bücherregal. Die Theorie habe ich aufgesaugt, nun liegt es an mir, die gut gemeinten Ratschläge umzusetzen und mein Leben zurück in meine persönliche Bahn zu lenken. Doch wie stelle ich das bloß an? Carpe Diem? Und wie?

Während ich immerfort die Kochinsel umkreise, was ich auch ständig mache, wenn ich mit Clara telefoniere, suche ich nach der für mich perfekten Vorgehensweise. Die Ernährung umstellen? Wohl eher nicht, dafür müsste es etwas zum Umkrempeln geben. Aber mehr als ein Knäckebrot und einen Apfel esse ich derzeit nicht. Ich bringe es, ehrlich gesagt, nicht zustande. Ich habe keinen Appetit, und jede Mahlzeit fühlt sich an wie eine einzige Qual.

Aus einem Impuls heraus schnappe ich mir einen Stift und den Tischkalender von der Anrichte. Der Blick darauf versetzt mir einen schmerzhaften Stich mitten ins Herz, denn der Kalender ist immer noch mit Pauls Terminen und unseren gemeinsamen Unternehmungen gekennzeichnet. Doch noch weitaus gravierender ist die Tatsache, dass er die Kalenderwoche anzeigt, in der Paul verunglückt ist.

Doch etwas hat sich verändert, ich weine seltener. Es wird besser. Tag für Tag. Bewusst versuche ich, mich auf die Atmung zu konzentrieren, bis der Druck im Herzen nachlässt. Dann blättere ich den Kalender zum heutigen Tag um, drehe ihn herum, sodass ich die weiße Rückseite vor mir habe.

Wieder essen.

Das sind die ersten Worte, die ich ganz oben in großen Buchstaben notiere. Wie? Das ist jetzt nicht wichtig, denn ich brauche zuerst einen Plan. Ein Konzept, wie ich mich selbst finde. Dann wird sich alles andere ergeben. Hoffentlich.

Im Regen tanzen.

Ich schmunzle. Das ist doch nichts Besonderes, oder? Aber ehrlich, welcher Erwachsene hat das schon gemacht? Ich spreche nicht davon, von der Haustür ohne Schirm zum Auto zu laufen und sich dabei einmal im Kreis zu drehen. Nein. So richtig bewusst mit der Stimme eines Liedes im Kopf im Regen zu tanzen.

Eine Tätowierung.

Ja, Ja und noch mal Ja! Wirklich, was ist bloß los mit mir? Warum hatte ich nie den Mut dazu? Ich werde mir ein kunstvolles Tattoo stechen lassen. Und für einen Augenblick ertappe ich mich dabei, wie ich verträumt an Darios präzise Zeichnungen denke. Konzentration, Mia, ermahne ich mich selbst, und der Stift wandert, wie von Zauberhand, über das Papier.

Nackt schwimmen.

Wieder etwas, das sich so wunderbar banal anhört, aber wer macht das denn tatsächlich? Automatisch schließen sich meine Lider, und ich versuche, mir vorzustellen, wie es denn wäre, in einem kühlen

See nackt zu baden. Auf meiner gesamten Haut spüre ich prickelnde Frische aufkommen. Bei dem Gedanken daran entfährt mir ein sehnsüchtiges Seufzen.

Hemmungslosen, wilden Sex mit einem Fremden.

Wie von selbst wandert meine Hand über das Stück Papier. Ich war nie eine von denen, die sich mit einem fremden Typen eingelassen hat, und nicht mal im Traum habe ich einen Gedanken an einen One-Night-Stand verloren. Doch sollte eine Frau das nicht zumindest ein einziges Mal erlebt haben?

Mit High Heels über ein Kopfsteinpflaster laufen.

Besitze ich überhaupt richtige High Heels? Also, alles ab acht Zentimeter Absatz? Ich überlege kurz, doch ich kann kein klares Ja darauf geben. Aber Frauen tragen doch ständig High Heels, oder etwa nicht? Zumindest in Sex and the City war das doch so. Carrie lief doch immer mit diesen Dingern durch Manhattans Straßen. Ein Must-have, definitiv.

Schreien.

Seit Edvard Munch ist das doch eine klare Sache. Manchmal muss es eben raus. Bestimmt habe ich als Baby gebrüllt, doch meine unbändige Wut, oder was auch immer, in die Welt hinauszuschreien, muss sich doch unfassbar befreiend anfühlen.

Ein Regal eines schwedischen Möbelherstellers zusammenbauen.

Jetzt werde ich übermütig. Denn das ist wohl die größte Herausforderung. Ich habe nicht das Verständnis dafür, diese minimalistischen, komplizierten Anleitungen zu studieren. Doch ist es nicht von Bedeutung, ein Regal eigenhändig zusammenzubauen, und gehört das nicht zur Unabhängigkeit dazu?

Ohne Höschen ausgehen.

So verrückt die Idee auch ist, ich will wissen, wie es sich anfühlt, ohne Höschen auszugehen!

Mit einem breiten Grinsen im Gesicht lege ich den Stift zur Seite und blicke zufrieden auf meine Liste. Das ist doch verrückt. Nämlich so verrückt, als wäre es das einzig Richtige für mich.

Womit anfangen? Im Regen tanzen? Ich sehe aus dem Fenster, doch der Blick nach draußen nimmt mir jegliche Hoffnung, denn es ist keine einzige Wolke zu sehen.

Ich scanne meine Handschrift weiter nach unten. Sex mit einem Fremden? Ich? Nicht ausgeschlossen, dass ich mir einen Account bei einem Dating Portal einrichten muss. Ernsthaft, wann hatte ich zuletzt die Möglichkeit, mit einem mir unbekannten Mann mehr als nur flüchtige Worte zu wechseln? Wie funktioniert das noch gleich? Beim Supermarkt an der Kasse ein bisschen Small Talk, und dann landet man gemeinsam in der Kiste? Vermutlich nicht. Je länger ich darüber nachdenke, desto klarer wird mir, dass diese simple Liste nicht ganz so easy abzuarbeiten ist wie zuerst gedacht. Doch ich werde nichts unversucht lassen, denn ich will das Leben mit all seinen Facetten spüren. Von den schicksalhaften, traurigen Momenten habe ich genug abbekommen. Jetzt ist die Zeit gekommen, bedenkenlosen Irrsinn zu treiben.

»Du willst also mit einem Wildfremden ins Bett?«

Lauthals kreische ich auf und reiße erschrocken die Arme in die Höhe, dabei wirbelt der Kalender in die Luft, ehe er mit einem lauten Knall zu Boden donnert.

»Bist du irre!«, schimpfe ich noch immer vollkommen erschrocken und reibe mit meiner Handfläche gegen meine Brust, um mich damit zu beruhigen.

Darios Mundwinkel sind bis zu den Ohren hochgezogen, während seine Augen belustigt schimmern.

»Wie konnte ich dich nicht hören?«

»Du warst damit beschäftigt, dir eine Liebesnacht mit einem Kerl auszumalen.« Er feixt und ein unverschämt süßes Grinsen kommt zum Vorschein.

In Gedanken, nur in Gedanken, weil ich niemals Gewalt ausüben würde, scheuere ich ihm eine. Er schafft es doch tatsächlich, mich mit seiner frechen Art vollkommen aus der Bahn zu werfen. Kann bitte irgendjemand dieses Grinsen abstellen oder mir verbieten, es auch nur annähernd attraktiv zu finden?

Beleidigt boxe ich mit meiner Faust gegen seine Schulter und will ihn schon zurücklassen. Denn unmittelbar keimt eine Wut in mir auf, weil er hier aufkreuzt und verschwindet, so wie es ihm gefällt. Das ist nicht fair. Doch dann bemerke ich, wie sich sein Kiefer anspannt, sich ein Schatten über seine strahlenden Augen legt und sie in einem tiefen Grau scheinen. Seine Miene verfinstert sich weiter und ein schmerzvoller Ausdruck kommt zum Vorschein.

Meine Stirn legt sich in Falten, denn irgendwas stimmt hier nicht. »Was ist passiert?«

»Nichts«, gibt er knapp zurück und wendet sich von mir ab. Ich weiß nicht, was plötzlich in ihn gefahren ist, denn vor wenigen Minuten war alles in bester Ordnung. Seine Laune ist ungewöhnlich sprunghaft für einen Mann, wenn ich das so pauschal anmerken darf.

Weil ich glaube, dass es ohnehin nichts bringt und er mir keine ehrliche Antwort geben wird, beachte ich ihn nicht weiter. Stattdessen hebe ich den Kalender vom Boden auf und stelle ihn zurück auf die Anrichte, die als eine Art Ablagefläche dient, wie mir gerade auffällt. Ganz klar, Paul war der Ordentliche von uns beiden. Ich schüttle den Gedanken ab, denn ich will nicht ständig an ihn denken. Es ist so unerträglich schmerzhaft, mich unaufhörlich an ihn zu erinnern.

Nicht auszudenken, welche anrüchigen Kommentare ich mir von Dario anhören müsste, sollte er die vollständige Liste in die Hände bekommen. Ob ich ohne oder mit Höschen meine Selbstfindungsphase vollziehe, geht ihn nun wirklich nichts an.

Doch nur kurze Zeit später baut er sich vor mir auf. Dumm, hätte ich den Kalender nicht allzu offensichtlich platziert, würde ich nun nicht nervös von einem Bein aufs andere treten. Er wird mir doch jetzt keine Fragen zu dieser Liste, die mir im Augenblick total bescheuert vorkommt, stellen. Und warum habe ich ihn schon wieder nicht gehört? »Wo hast du es gelernt, dich dauernd so anzuschleichen? Das macht mir Angst!«

Mit einem dumpfen Geräusch stellt er einen Koffer neben sich ab und schmunzelt. Hilfe. War er nicht eben total mies gelaunt?

»Pack deine Sachen, wir fahren für ein paar Tage weg.« Das ist kein Vorschlag. In seiner Stimme liegt eine Bestimmtheit, die keinen Widerspruch zulässt.

Während sich sein Grinsen ausbreitet, schläft meine Mundpartie ein.

»Wir tun was? Ich muss zur Arbeit!« Ich blinzle ungläubig.

»Du hast zehn Minuten, dann fahren wir los. Außerdem ist am Montag ein Feiertag, somit bleiben uns drei volle Tage«, erklärt er, während er mich eindringlich mustert.

»Ich bleibe hier«, wehre ich ab, dabei recke ich ihm selbstbewusst mein Kinn entgegen.

Er quittiert das Ganze mit einem genervten Augenrollen. »Gut, dann packe ich deine Sachen, aber beschwere dich bloß nicht, wenn ich zufällig deine Höschen vergesse.«

Was für eine unverschämte Ansage. Laut schnappe ich nach Luft, doch mir fehlt schlichtweg ein passender Konterangriff. Das ist doch unmöglich, dass er die gesamte Liste gelesen hat, oder? Himmel, wie lange stand er bereits hinter mir, bevor er sich bemerkbar gemacht hat?

Sechs

Ich staune, als Dario direkt an der Küste bei einem kleinen Steinhaus, welches mich an die Bauten in der Toskana erinnert, hält. Bäume und Lorbeersträucher säumen das kleine Häuschen, welches in der unmittelbaren Umgebung das einzige zu sein scheint. Es wirkt verlassen und abgeschottet, allerdings nicht auf eine beunruhigende Weise, so wie in einem Psychothriller, sondern auf eine verspielte, romantische Art.

Ich öffne die Wagentür, dabei legt sich eine erfrischend feuchte Brise auf mein Gesicht. Ich steige aus und unmittelbar spüre ich die kalten Kieselsteine auf der Fußsohle. An einigen Stellen piksen sie und lösen einen leichten Schmerz aus. Ich hatte mir während der mehrstündigen Fahrt die Schuhe ausgezogen, um es bequemer zu haben. Immerhin hatte Dario nicht verraten, wohin wir fahren und wie viele Stunden wir unterwegs sein werden.

Umso länger ich über die kleinen Steinchen laufe, desto befreiter fühle ich mich. Ist es das? Beginne ich zu empfinden? Und das ganz ohne die Aufgaben, die ich mir gestellt habe.

»Gefällt es dir?«, reißt mich Darios sanft klingende Stimme aus den Gedanken.

»Danke«, hauche ich ihm tonlos entgegen, und sein Gesicht hellt sich augenblicklich auf.

»Gehört es dir? Paul hat mir nie davon erzählt.«

Und vorbei ist es mit dem Leuchten in seinen Augen. Er schluckt hart, ehe er antwortet. »Du weißt nicht das Geringste über mich.«

Noch bevor ich ihm widersprechen kann, läuft er mit den Gepäckstücken an mir vorbei in Richtung Haus. Ich habe Mühe, ihm mit meinen nackten Füßen über die spitzen Steine hinweg zu folgen. Also trotte ich ihm unbeholfen hinterher.

Als wir im Inneren des Hauses ankommen, bestätigt sich der Eindruck, den ich schon von draußen hatte. Es ist abstrus, aber ich fühle mich unmittelbar beschützt und wohl, obwohl ich noch nie hier war. Sogar aufgehobener als in meiner Wohnung, was ausgesprochen beängstigend ist.

»Du kannst das Schlafzimmer haben. Ich nehme das Sofa.« Er deutet auf die kleine Tür neben dem Kamin.

Ohne etwas zu erwidern, wandere ich weiter, um mich genau umzusehen. Als ich im Schlafzimmer ankomme, verharre ich vor einer prächtigen Glasfront und blinzle einige Male, weil ich meinen Augen nicht traue. Das Meer befindet sich nur wenige Meter von hier entfernt. Wären da nicht die Felsen, könnte man es mit wenigen Schritten erreichen.

»Willkommen in meinem Zuhause«, flüstert er plötzlich an meinem Ohr, dabei trifft sein Atem hauchzart auf meine Haut. Als ich mich zu ihm umdrehe, ist er auch schon wieder verschwunden. Ich sehe mich im Zimmer um, doch von ihm ist keine Spur zu sehen.

Nachdem ich meine Kleidungsstücke aus dem Koffer in den Kasten geräumt und meine Kulturtasche in das Badezimmer getragen habe, wundere ich mich, denn von Dario ist immer noch nichts zu sehen. Nicht, dass ich nach ihm gesucht habe, aber es hätte mir doch auffallen müssen, wenn er gegangen wäre. Er hätte sich doch verabschiedet, oder? Das Haus ist schätzungsweise siebzig Quadratmeter groß, nicht gerade geeignet, um unentdeckt zu bleiben.

Weil ich nicht länger auf seine Anwesenheit hoffe und schnellstmöglich runter ans Wasser will, schnappe ich mir eine warme Decke und mache mich auf den Weg. Da ich keinen Schlüssel besitze, um die Tür abzuschließen, bin ich mir zuerst unsicher, ob ich einfach so gehen soll. Doch hier scheint weit und breit niemand zu sein, deshalb ziehe ich sie hinter mir zu und klettere den schmalen Weg hinab zum Wasser. Der Abstieg gestaltet sich nicht ganz mühelos. Ich klettere über Gesteinsbrocken, was mich einiges an Überwindung kostet, weil ich auch überhaupt nicht geschickt in solchen Dingen bin. Allerdings treibt mich die frische Brise, die mir der Wind entgegenbläst, an und meine Sehnsucht überschattet die Angst.

Als ich wieder festen Boden unter meinen Füßen spüre, bin ich erleichtert. Es hat sich gelohnt, hier runterzukommen, denn der Ausblick raubt mir den Atem. Die Weite des Meeres, das Klatschen, wenn das Wasser gegen die Felsen schlägt und der unfassbar herrliche Geruch nach unendlicher Freiheit. Ich inhaliere den feuchten, salzigen Duft und schließe meine Lider. Es ist unglaublich. Wie konnte ich vergessen, dass das Leben so wunderbar sein kann?

Nachdem ich meine Lider geöffnet habe und eine Weile auf das Meer hinausstarre, sehe ich mich in der Umgebung um. Hier sind weit und breit keine anderen Häuser. Außerdem kann ich keine Menschenseele entdecken. Wir sind doch in Kroatien und nicht auf einer einsamen Insel, oder?

Der Wind nimmt zu, und der Himmel verändert sich. Dunkle Wolken ziehen auf, die sich in einer ungewohnten Schnelle in ein immer dunkleres Blau verfärben. Die Minuten verstreichen, während ich gespannt nach oben blicke. Ich denke nicht daran, zurück ins Haus zu laufen.

Allmählich setzt auch die Dämmerung ein, und ich genieße fortwährend das unbeschwerte Gefühl, hier draußen zu sein. Nackt baden? Wenn nicht jetzt, wann dann? Ein letztes Mal versichere ich mich, dass hier auch ja niemand ist. Dann knöpfe ich die Hose auf, streife sie nach unten und ziehe das Shirt über den Kopf. Als ich an mir hinabblicke, fällt mir auf, dass der BH zu groß ist. Selbst meine Unterhose sitzt zu locker. Ich habe zwar nicht weiter abgenommen, doch die zehn Kilo weniger haben meinen Körper gezeichnet. Zwar bin ich nicht komplett dürr, doch für meine Verhältnisse eindeutig zu schlank.

Ich renne schon drauflos, halte aber in letzter Minute inne. Wollte ich nicht nackt baden? Ich zögere kurz, doch dann öffne ich das Bustier und lasse es auf die Steine fallen. Zuletzt streife ich mein Höschen ab. Vor Scham merke ich, wie sich meine Wangen rot färben. Immer wieder sage ich mir vor, dass hier niemand ist. Keiner wird mich sehen.

Ein letzter, tiefer Atemzug, und ich laufe drauflos. Ich ignoriere die stechenden Steine an meinen Fußsohlen, und wenige Schritte später spüre ich die Erleichterung. Unter meinen Zehen fühle ich das kühle Nass. Oh, es ist so verdammt kalt! Wenn ich jetzt zögere, komme ich vermutlich nie rein. Gut, eine Wasserratte war ich nie, schon gar nicht, wenn das Gewässer so kalt ist wie dieses hier.

Jetzt oder nie. Ich zwinge mich und werfe mich mit der nächsten Welle in die Kälte hinein. Ein schmerzhaftes Prickeln legt sich über meine Haut, so müssen sich tausend Nadelstiche anfühlen. Das Wasser reizt meinen Körper und ich kann nicht anders, als laut aufzukreischen. Und im nächsten Moment lache ich. Ein Lachen, das nur mir gehört.

Ich hüpfe und tauche ab, bis mein Kopf komplett unter Wasser ist. Das Gefühl, alleine und nackt im Meer zu schwimmen, ist unbeschreiblich schön.

Ich kraule, bis die erste Welle der Erschöpfung über mich kommt. Schnell hole ich mir den nötigen Sauerstoff und verlangsame das Tempo. Ich bin doch nicht auf der Flucht, sondern will das hier genießen. Niemals zuvor habe ich mich so frei und schwerelos gefühlt.

Als ich völlig außer Atem bin, schwimme ich zurück ans Ufer. Seit Paul nicht mehr am Leben ist, habe ich keinen Sport mehr getrieben. Die fehlende Zufuhr an Nahrung tut ein Übriges, und ich habe schwer damit zu kämpfen, mich aus den Fängen des Wassers zu ziehen. Dennoch komme ich zum Stehen, und die Bäume, die Felsen um mich herum bewegen sich rhythmisch im Wind. Langsam verzerrt sich das Bild vor meinen Augen, und die Grenzen verschwimmen.

Eilig setze ich ein Bein vors andere, um aus dem Wasser zu gelangen, und schließlich atme ich erleichtert auf, als ich es hinter mir lasse. Eine Gänsehaut legt sich über meine Haut und ich bibbere vor Kälte. Der Wind ist stärker geworden, bestimmt sind es gerade mal zehn Grad. Schnell schnappe ich mir die Decke und hülle mich darin ein, als sich plötzlich das breite Lächeln von vorhin zurück auf meine Lippen zaubert. Ich habe es doch echt vollbracht, nackt zu baden, und das Gefühl möchte ich keine Sekunde meines Daseins missen.

Nun stehe ich vor der nächsten Herausforderung. Ich habe wahrhaftig verdrängt, dass ich diese Felsbrocken auch wieder nach oben klettern muss.

Fieberhaft suche ich nach dem perfekten Weg nach oben, als ich Darios Silhouette durch die Glasfront des Schlafzimmers ausmache. Er hat sich mir zugewandt und es sieht fast so aus, als würde er mich beobachten.

Als die ersten Regentropfen auf mich niederprasseln, wende ich mich von ihm ab, suche meine Kleidungsstücke zusammen und klettere eilig nach oben. Ich überlege nicht, welchen Schritt ich als nächstes mache und schaue auch nicht zurück.

Erleichtert und klitschnass, weil es inzwischen wie aus Kübeln schüttet, komme ich heil an. Hastig laufe ich zur Tür, die mir Dario bereits aufhält. Ich wage es nicht, zu ihm aufzusehen, vermutlich hat er mich eben nackt gesehen und das ist mir unfassbar peinlich. Den Gedanken daran, dass Dario in meiner Nähe sein könnte, hatte ich verdrängt. Von wegen menschenleer.

Zu meiner Überraschung hält er eine kuschelige, aber vor allem trockene Decke in seinen Händen. Ich will sie mir schon greifen, als er sie spielerisch zurückzieht.

»Du solltest zuerst deinen nassen Überwurf loswerden, meinst du nicht?« Er grinst ungeniert.

»Ich will mich nicht nackt vor dir zeigen«, gebe ich kleinlaut zurück und beiße mir dabei auf die Lippen. Aber was hätte ich ihm sonst sagen sollen, wenn nicht die Wahrheit?

Sein schallendes Lachen hallt in meinem Kopf wider.

»Das hättest du dir eher überlegen sollen.«

»Hast du mich beobachtet?« Ich kneife meine Augen zusammen und mustere ihn böse.

Er räuspert sich und windet sich ein wenig, was mich nur dazu bringt, meine Miene noch finsterer aussehen zu lassen.

»Ich schließe die Augen. Komm schon. Du holst dir sonst eine Erkältung.«

Unaufgefordert senkt er die Lider, ich überlege kurz und prüfe, ob er die Augen auch ehrlich geschlossen hält, indem ich wild mit meinen Fingern vor seinem Gesicht herumwedle. Erst als ich mir sicher bin, er könne nichts sehen, lasse ich meine Hüllen fallen. Hastig reiße ich ihm die Decke aus der Hand und wickle mich damit ein, während sich das kuschelige Fleece angenehm an mich schmiegt.

»Nicht übel«, neckt er mich und öffnet seine Lider.

»Hast du geguckt?«

»Jetzt nicht.« Er schmunzelt frech.

»Ich will es gar nicht hören.« Mit erhobener Hand marschiere ich an ihm vorbei in das Schlafzimmer, dabei nehme ich den zitronig herben Duft nach frisch gekochtem Essen wahr und spüre erstmals ein kleines Gefühl von Hunger in mir aufkommen.

Erst eine gute Stunde später krieche ich aus meinem Versteck, dem Bett, hervor. Zaghaft öffne ich die Tür und spähe ins Wohnzimmer.

»Hunger?« Dario liegt ausgestreckt auf dem Sofa, wobei seine Füße von der Kante baumeln, als er das Buch zur Seite legt und seine Augenbrauen erwartungsvoll nach oben hüpfen.

»Ich bin mir nicht sicher«, gebe ich zu.

Das Knistern aus dem Kamin füllt die unangenehme Pause zwischen uns. Wieder ziehe ich nervös am Pullover herum. Nach der langen Dusche habe ich mir nur schnell eine Leggins und einen gemütlichen Pulli übergezogen.

»Nimm dir eine Portion.«

»Und du? Isst du nichts?«

»Du hast dich ewig im Zimmer eingeschlossen. Ich dachte, du würdest nicht mehr rauskommen.«

Beleidigt verschränke ich die Arme vor der Brust.

»Echt jetzt?«

»Echt jetzt.« Er schmunzelt, greift wieder nach seinem Buch und beachtet mich nicht weiter.

Erleichtert, nicht in seinem Blickfeld zu sein, während ich mir eine kleine Portion Nudeln mit Fischsoße anrichte, stapfe ich in die Küche.

»Nimm dir ein Glas Wein. Also, wenn du eines möchtest«, ruft er von draußen.

Ich schenke mir noch ein Glas Weißwein ein und gehe damit zur Couch.

Dario sieht von seinem Buch hoch.

»Du hast doch nichts dagegen, wenn ich hier esse.« Verunsichert warte ich auf die Antwort.

Zögernd zieht er die Füße näher an sich heran und macht am Fußende Platz.

Ich lasse die erste Gabel im Mund verschwinden, dabei linse ich verstohlen zu ihm rüber, um zu prüfen, ob er denn wirklich so vertieft in den Roman ist, wie ich es hoffe. Immerhin ist es gut möglich, dass er mich heimlich beobachtet, sodass ich es nicht merke. Aber ich bin erleichtert, als er mich in Ruhe lässt und ich mir keine Zurechtweisungen oder Monologe zum Thema Ernährung anhören muss.

Ich schaffe neun Bissen. Das ist mehr, als ich erwartet hatte. Zufrieden stelle ich den Teller auf dem Couchtisch ab und bin unschlüssig, ob ich zurück ins Zimmer gehen oder doch hier bleiben und Dario Gesellschaft leisten soll.

Verlegen nehme ich das Weinglas vom Tisch, ziehe meine Beine an und vergrabe die Füße zwischen den Zierkissen.

»Das Essen war lecker. Danke«, sage ich und unterbreche das Schweigen. In der einen Hand halte ich das Weinglas fest umschlungen, und mit der anderen rupfe ich an den Enden eines Kissens herum. Typisch. Kann ich das denn nicht endlich sein lassen?

Als er das Buch zur Seite legt und meinen Blick sucht, durchzieht ein angenehmes Kribbeln meine Gliedmaßen. Uns trennen nur wenige Zentimeter, sobald einer von uns das Bein ein Stück weiter ausstreckt, berühren wir uns. Das zu wissen, bringt mich ein wenig aus der Fassung. Ich sollte nicht so empfinden.

»Wie fühlst du dich?«, fragt er, dabei legt er die Stirn leicht in Falten, was ihn ernst aussehen lässt.

»Keine Ahnung«, erwidere ich ehrlich.

»Möchtest du darüber sprechen?«

Er beugt sich ein Stück weiter nach vorn, stützt die Ellbogen auf die Knie, verschränkt seine Finger ineinander und legt sein Kinn darauf.

Augenblicklich färben sich meine Wangen rosa. Himmel, die Pose lässt ihn wie den Gott der Herzen aussehen. Wie bedacht er sich bewegt, wie intensiv er mich ansieht. Er ist nicht wiederzuerkennen. Der

Mann, der mir sonst die kalte Schulter zeigte, und gerade mal ein Hallo hervorbrachte, wenn wir uns trafen.

Ich starre unaufhörlich auf seine vollen Lippen. Mia, aufhören. Jetzt. Sofort. Nein, ich komme nicht los.

»Erde an Mia ...« Sein Lächeln ist heiß, verdammt heiß.

Und selbst jetzt wende ich meine Augen nicht ab, obwohl ich mir denken kann, dass er weiß, dass ich ihn im Augenblick ziemlich scharf finde.

»Küss mich. Bitte«, flehe ich und bin gleichzeitig erschrocken über meine Worte.

Sein Gesicht ist regungslos, so, als hätte ich ihm eben keine moralisch verwerfliche Forderung gestellt. Er zögert kurz, doch dann beugt er sich achtsam zu mir nach vorn, streift mit seinen weichen Lippen meine Haut, bis ich seinen Atem an meinem Ohrläppchen spüre. Sein heißer Atem lässt meine Lider flattern, und ich habe Mühe, sie offen zu halten. Jede Faser in mir sehnt sich nach seinen Berührungen.

»Keine gute Idee«, knurrt er, doch ehe ich seine Worte überdenken kann, vergräbt er seine Zähne in meinem Ohrläppchen. Die bittersüße Qual durchfährt mich blitzschnell und löst ein unerträgliches Ziehen in meinen Brustwarzen aus.

Sadistisch langsam wandert er zu meinem Mund und verharrt dort eine kurze Zeit. Sein heißer Atem stößt auf meine Lippen, und noch bevor ich die Liebkosungen erwidern kann, streift er weiter nach unten und stoppt, als er bei meinen Brüsten ankommt. Durch den Pulli zeichnen sich meine erregten Brustwarzen ab, was ihm ein kurzes Brummen entlockt, ehe er sanfte Küsse darauf verteilt. Zuerst hauchzart, doch jede weitere Berührung fällt drängender, härter aus.

Ich japse unter seinen Berührungen auf, als ich ein Stechen zwischen meinen Schenkeln verspüre. Und wieder. Verdammt, was ist das? Ich drohe, zu explodieren, sollte das nicht auf der Stelle aufhören. Es fühlt sich so unfassbar wohltuend, zugleich aber unerträglich schmerzhaft an.

Erst dann bemerke ich, dass Dario dafür verantwortlich ist. Er bearbeitet meine Brustwarzen durch mein Oberteil hindurch mit seinen Zähnen und lässt immer wieder kleine Stromstöße durch meinen Körper schießen.

»Shit!«, fluche ich keuchend und mir wird klar, dass ich ihn will. Jetzt. »Schlaf mit mir«, bringe ich stoßend hervor, während er mir den nächsten wissentlichen Stromstoß verpasst, dabei sieht er mir fest in die Augen. Sein durchdringender Blick ist mir zu viel und ich gönne meinen Lidern eine Pause.

»Lass sie geöffnet. Ich will dich sehen«, raunt er und ich schlage sie kraftvoll nach oben. Sie zittern, als die nächste Welle meinen Körper durchfließt und es mich alle Mühe kostet, sie offen zu halten.

Daraufhin rückt er ein wenig von mir ab, ich will schon protestierten, doch dann zieht er mir das Oberteil über den Kopf. Ein leichtes Lächeln spiegelt sich in seinem Gesicht wider, was ihn nicht weniger bedrohlich aussehen lässt.

Ich will bereits an die Knöpfe seines Hemdes greifen, als er meine Hände zurückhält. Enttäuscht warte ich ab. Doch dann öffnet er Knopf für Knopf und weicht dabei keine Sekunde von mir. Als er es sich abstreift und zu Boden fallen lässt, starre ich auf seinen gezeichneten Körper mit den unzähligen, zarten Tätowierungen. Ich lasse meinen Blick darüber schweifen und scanne ihn, die tiefen Bauchmuskeln und seine Leistengegend, die mich um den Verstand bringt.

Nach einer Zeit zwinge ich mich dazu, die Konzentration auf sein Gesicht zu lenken. Ruckartig bleibt mein Augenpaar an seinem linken Schlüsselbein hängen. Eine stümperhafte, zentimeterlange Naht, die sich bis zur Brust herunterzieht, offenbart sich mir. Erschrocken halte ich in der Bewegung inne. Meine Erregtheit tritt in den Hintergrund und ein Gefühl der Sorge macht sich breit.

Wir atmen schwer, dabei heben und senken sich unsere Brustkörbe im Einklang.

»Was ist passiert?«, flüstere ich.

Keine Antwort. Er schüttelt den Kopf.

»Du hättest das niemals zu Gesicht bekommen dürfen.« Er klingt verbittert.

»Was willst du mir damit sagen?«

»Nichts, schätze ich.« Daraufhin drückt er seine Handflächen an meine Wangen und gibt mir einen sanften Kuss auf die Stirn. Ich genieße diese Hingabe und lehne meine ganze Last gegen ihn.

»Wirst du es mir erzählen?«

Ich spüre, wie sich seine Muskeln anspannen. »Du musst nicht … ich meinte nur …«, stottere ich.

»Ich werde ehrlich zu dir sein«, sagt er, während er mir liebevoll eine Haarsträhne nach hinten streicht, dabei treffen sich unsere Blicke und seine Augen schimmern auf mich herab. In ihnen liegt unendliches Bedauern.

»Nicht jetzt«, hauche ich und lege meine Lippen auf seine, woraufhin er meinen Kuss erwidert. Zuerst hauchzart, dann schmerzhaft wild. Er verstärkt den Druck seiner Hände an meiner Taille, seine Finger krallen sich in meine Haut und pressen mich fest an ihn heran, sodass ich seine gewaltige Härte spüre.

Augenblicklich brennen bei mir die Sicherungen durch, denn ich vergesse alles um mich herum. Ich will nicht wissen, woher die Schnittwunde an seiner Brust stammt, verbanne Paul aus meinen Gedanken und will nur ihn, tief, hart und fest in mir spüren. Ich will, dass er alles Leid aus meiner Seele verbannt. Nicht irgendwann, sondern jetzt sofort.

»Du fühlst dich unfassbar an«, raunt er an meinem Ohr. Er lässt mir keine Zeit, etwas zu erwidern, denn seine Lippen pressen sich wieder fest gegen meine und seine Zunge stimuliert jeden einzelnen Nerv in mir. Er treibt mich damit einem Abgrund entgegen, den ich niemals für existent gehalten hätte.

Ungeduldig streife ich meine Leggins ab, was ihn unmittelbar aufstöhnen lässt. Zärtlich streifen seine Finger meine Innenschenkel entlang nach oben, als er kurz vor meinem Höschen verweilt, zieht er die Luft zwischen seinen Zähnen hindurch scharf ein. »Ich komme in die Hölle«, flucht er leise, ehe er es zur Seite schiebt und ich seine warmen Finger an meiner empfindlichsten Stelle spüre. Die Berührung lässt mich erzittern, mit bebenden Beinen knie ich vor ihm und wünsche mir, ihn in mir aufzunehmen und ihn nicht mehr fortzulassen.

Ihm scheint meine Erregung nicht zu entgehen, er treibt sie weiterhin in die Höhe, lässt einen Finger in mich hineingleiten, und ich komme nicht umhin, als gegen seine Brust zu keuchen. Ehe ich michs versehe, führt er den zweiten Finger in mich ein und umkreist mit dem Daumen sanft meinen Kitzler. Ich recke mich ihm weiter entgegen und bin kurz davor, in einem Feuerwerk der Empfindungen aufzugehen.

Während er mich weiterhin verwöhnt und ich ihm vollkommen ausgeliefert bin, höre ich, wie er seine Gürtelschnalle öffnet und sie schwungvoll herauszieht. Ich lege meine Hände an seine Lenden, lasse sie tiefer sinken und ihn an meinem Ohr tief brummen. Ich kann mich nicht weiter zurücknehmen und will ihn jetzt sofort, deshalb rüttle ich an seinem Hosenknopf, in der Hoffnung, dass dieser von selbst aufspringt.

Ein verwegenes Lächeln umspielt seine Mundwinkel, als er meine Ungeduld spürt. Seine Hand legt sich auf meine, unsere Finger verschränken sich ineinander und ich kann nicht anders, als die innige Stille zwischen uns zu genießen.

»Mia, ich bin nicht er.« Ein sorgenvoller Ausdruck spiegelt sich auf seiner Miene wider.

»Gott, Dario … das ist mir nicht entgangen. Außerdem wiederholst du dich.«

Kraftvoll ziehe ich ihn mit mir, sodass er auf mir zum Liegen kommt. Sofort spüre ich diese herrliche Männlichkeit zwischen meinen Beinen. »Hose. Ausziehen. Jetzt«, befehle ich schwer atmend.

Ohne einen weiteren Ton von sich zu geben, zieht er seine Jeans nach unten.

»Du trägst keine Unterwäsche«, stelle ich überrascht fest, während ich auf sein prächtiges Stück starre.

»Ich trage keine Unterwäsche«, wiederholt er mit seiner tiefen Stimme, die mich in eine andere Welt katapultiert. Und dort bleibe ich auch, denn schon im nächsten Moment krallen sich seine forschen Hände in meinen Rücken und seine Küsse werden unerträglich drängend. Erst als sich seine geschickten Finger von mir lösen und ich das Reißen der Kondomverpackung wahrnehme, begreife ich, dass ich in einer Art Delirium feststecke.

Lustvoll hebe ich mein Becken an, ziehe ihn mit den Beinen dicht an mich heran und löse mich vollkommen auf, als seine geballte Männlichkeit in mich eindringt. Für eine kurze Zeit hält er inne, ehe er seine rhythmischen Bewegungen vollführt. Zuerst mit unerträglich langsamen Stößen, die mit jeder weiteren Regung tiefer und fester werden. Dabei zerfließe ich in seinen Händen, vergesse mich vollständig, als sich die Erlösung anbahnt. Ich will es noch hinauszögern, doch ich bin chancenlos. Der Orgasmus entfaltet sich und schickt prickelnde Stromstöße durch meine Glieder.

Kurz hält er inne und lässt seinen glasigen Blick auf mir ruhen. »Du bist unfassbar«, raunt er atemlos, lässt mir jedoch keine Zeit zum Verschnaufen.

Seine Finger wandern an meinen Po, krallen sich fest in mein Fleisch und seine harten Stöße treiben mich erneut in eine ferne Galaxie. Er ist nicht zärtlich, auch nicht grob, sondern einfach das, was ich mir seit einer geraumen Zeit wünsche.

Sieben

Dario

Ich erinnere mich nicht daran, jemals eine ganze Nacht durchgeschlafen zu haben. Selbst als Kind hatte ich nachts Löcher an die Decke gestarrt oder mir heimlich Spielzeug ins Bett geholt, damit die dunklen Stunden auch nur irgendwie vergingen.

Daher überrascht es mich nicht, dass es heute genauso ist. Ich habe es zwar insgeheim gehofft, dass es besser wird, vor allem mit ihr an meiner Seite, aber da ich es gewohnt bin, macht es mir wohl auch nichts aus.

Mia, die Frau, die ich seit jeher anbete, liegt dicht an mich geschmiegt in meinen Armen. Shit, jede Pore in mir will diese Frau und das nicht erst seit gestern. Ich sollte mich ihr hingeben, mich fallen lassen und ihr die verfluchte Wahrheit sagen. Ohne Rücksicht auf die Konsequenzen. Sie hat es verdient.

Das durchs Fenster hereinscheinende Mondlicht fällt auf ihr Gesicht und ich studiere jeden Millimeter ihrer zarten Haut. Ihre roten Haare, ihren blassen Teint, sie ist wie ein Kunstwerk, als hätte ein gottverdammter Maler die perfekte Frau auf die Leinwand gebracht.

Ich bin erbärmlich. Ich vögle Mia, die Freundin meines verstorbenen, besten Freundes. Verstorben. Selbst das ist eine erbärmliche Lüge. Paul ist nicht einfach so in das Reich der Schatten hinabgestiegen. Shit. Panisch fasse ich mir an die Brust, denn immer, wenn ich daran zurückdenke, schnürt es mir die Kehle zu, und ich habe augenblicklich das Gefühl, zu ersticken. Alles ist eine gottverdammte Lügengeschichte.

Ich hätte es wissen müssen, von dem Moment an, als Paul mir seine Mia vorstellte. Von da an war alles verloren. Ich sah in ihre grauen Augen und wusste sofort, dass sie es sein würde. Sie ist die Liebe meines Lebens.

Immerfort suchte sie die Nähe zu mir, wollte eine Freundschaft zu mir aufbauen, doch ich stieß sie von mir. Es hatte mich immense Kraft gekostet, ihr diesen Wunsch, mit mir befreundet zu sein, abzuschlagen. Unzählige Male hatte ich mich zurückgezogen, um sie nicht zu sehen. Doch sie war stärker als ich. Sie hat mich magisch angezogen, und nun habe ich ihr Leben zerstört.

Vorsichtig ziehe ich meinen Arm unter ihr hervor und verharre kurz, als ihre Atemzüge unruhiger werden. Geduldig warte ich ab, bis die tiefen, langen Atemzüge zurückkehren und ich mir sicher sein kann, dass sie fest schläft. Was würde sie davon halten, wenn sie mich dabei erwischt, wie ich mich nachts davonstehle? Ich kann ihr enttäuschtes Gesicht förmlich vor mir sehen.

Geräuschlos hieve ich mich aus dem Bett, schleiche aus dem Schlafzimmer und ziehe die Tür hinter mir zu, gleichzeitig stoße ich die angestaute Luft aus. Verflucht. Auf gar keinen Fall, wirklich niemals, hätte ich Mia anfassen dürfen. Nicht, weil sie Pauls Freundin war, nein, ich darf es aus zahlreichen anderen Gründen, fundamentalen Gründen nicht tun. Die Abscheu vor mir selbst wächst unterdessen ins Unermessliche.

Um gegen das Grauen anzukämpfen, schlüpfe ich kurzerhand in den Neoprenanzug und klettere die Felsen hinab ans Wasser. Aus der kleinen Holzhütte, die mein Großvater zwischen den Klippen als Bootshaus erbaut hatte, ziehe ich den Jetski heraus. Für mich ist es eines der größten Dinge, mit einer atemberaubenden Geschwindigkeit über das Wasser zu reiten. Dabei bekomme ich den Kopf frei, zumindest verbanne ich währenddessen unschöne Erinnerungen.

Sobald ich den Jetski unter mir spüre, fühle ich mich besser. Ich brettere mit mehr als einhundert Sachen über das Meer und schneide Kurven, dabei spritzt das Wasser meterhoch in die Luft. Ich übertreibe maßlos, wetze in die eine, dann in die andere Richtung, ziehe meine Schlingen und gebe die ganze Zeit Vollgas, sodass ich nicht nur einmal im Wasser zu landen drohe. Dabei verliere ich mich komplett, vergesse alles um mich herum, die Zeit, Paul, Mia und meinen beschissenen Job, den ich bis vor Kurzem noch als das Wichtigste in meinem Leben angesehen hatte.

Erst als ich kaum noch Sprit im Tank habe, trete ich den Rückweg an. Ich hätte den ganzen Tag da draußen bleiben, mich vor Mias Fragen und ihren ehrlichen Augen verstecken können. Wie zur Hölle konnte ich ihr das bloß antun? Und die gestrige Nacht hat das alles wie eine verdammte Hochzahl vervielfacht.

Als ich mich dem Bootshaus nähere, erkenne ich Mia, die am Steg sitzt und ihre Füße ins Wasser baumeln lässt. Bei ihrem Anblick fließt eine eisige Kälte durch meine Adern. Wie. Konnte. Ich. Ihr. Das. Antun.

Mein Blick fällt auf ihre schlanken Beine, und ich erinnere mich an letzte Nacht. Wie sie auf meine Berührungen reagierte, sie steckte voller Leidenschaft und gleichzeitig war sie so unfassbar zerbrechlich.

Ich ertrage ihren Anblick nicht und weiche ihren Augen aus, als ich an ihr vorbei in das Bootshaus fahre. Ich habe nicht damit gerechnet, sie hier unten am Steg zu sehen. Ironischerweise habe ich gedacht, sie würde bis mittags schlafen. Bis dahin hätte ich mir die richtigen Worte zurechtgelegt. Vermutlich jedenfalls.

»Das ist nicht dein Ernst … du ignorierst mich?«, brüllt sie mir hinterher, als ich an ihr vorbeilaufe, ohne sie zu beachten. Doch was soll ich ihr sagen? Die Wahrheit? Jetzt? Das kann ich nicht. Ich würde sie ins Verderben stürzen und nichts, nichts auf dieser Welt könnte ihr helfen, das alles auch nur ansatzweise zu verstehen.

»Du bist ein verdammter Mistkerl!« Sie ist mir dicht auf den Fersen, dabei schimpft sie lautstark. Ich kann es ihr nicht verübeln, trotzdem werde ich nicht darauf eingehen.

Letztendlich packt sie mich kraftvoll am Oberarm. Blitzschnell reagiere ich im Affekt, wirble sie einmal herum, bis sie vor mir zum Stehen kommt und mich erschrocken anstarrt. Schwer atmend starren wir einander an. Es fällt mir schwer, hart zu bleiben und sie von mir fernzuhalten.

»Was willst du?« Ich lege eine ungewohnte Härte in meinen Tonfall.

Und sofort will ich meine forsche Frage zurückziehen und sie in meine Arme schließen, als ihre Lippen zu beben beginnen.

»Ich will wissen, was du vor mir verbirgst.«

Trotz ihres weinerlichen Tones reckt sie mir herausfordernd ihr Kinn entgegen.

Schlagartig versetzt mir die Tatsache, dass sie ein Geheimnis vermutet, einen Stich in mein Herz. Brutal schmerzt es in meiner Brust und mein Magen droht, zu rebellieren. Soll ich ihr die Wahrheit sagen? Ist sie bereit dafür? Wird sie denn jemals bereit dafür sein? Wenn ja, wird sie mich jemals wiedersehen wollen?

»Du konntest mich noch nie leiden … stimmt's?«, hakt sie weiter nach.

Ihre Worte treffen mich unerwartet, unverblümt und ich knicke ein. Ich schlinge meine Arme um ihre Schultern und ziehe sie an meine Brust. Ihr zitternder Körper schmiegt sich fest an mich. Meine Hand legt sich beschützend an ihre Wange und ich hauche ihr einen brüderlichen Kuss auf die Stirn.

»Niemals wieder dürfen wir es so weit kommen lassen.«

Eine Träne kullert ihre Wange hinab, doch sie stimmt mir nickend zu.

»Ich weiß«, flüstert sie. »Ich will nicht ohne dich sein, deshalb entscheide ich mich für unsere Freundschaft.«

Acht

Obwohl ich es hasse, mich mit dem Wagen durch den zähflüssigen Verkehr zu quälen, habe ich die Fahrt auf mich genommen und bin raus zu Finns Haus gefahren. Seit ich gestern vom Kurztrip mit Dario zurückgekehrt bin, lassen mir die offenen Fragen keine Ruhe mehr. Dario ist meinen Anspielungen geschickt aus dem Weg gegangen. Trotzdem kann ich es fühlen, er verbirgt etwas vor mir und die Gänsehaut, die sich bei dem Gedanken auf meiner Haut niederlässt, zeigt einmal mehr, das ich richtigliege. Das Geheimnis, welches er vor mir verbirgt, fühlt sich nicht an, als wäre es eine Kleinigkeit.

Wenn mir einer weiterhelfen kann, dann ist es Finn. Immerhin sind Dario und Finn schon seit Jahren befreundet. Ich hätte es auch bei Ben versuchen können, aber mein Instinkt verrät mir, dass der Weg umsonst gewesen wäre. Ben ist ein lustiger Geselle, doch keiner, dem man ernst zu nehmende Geheimnisse anvertraut. Keine Ahnung, warum das so ist, aber bei Ben hat man nicht den Eindruck, als würde er die Dinge besonders ernst nehmen.

Vor der Tür verschnaufe ich ein letztes Mal, bevor ich klingle. Eine Zeit lang rührt sich nichts, deshalb läute ich gleich ein zweites Mal. Finns Auto steht vor der Tür, weshalb er auch zu Hause sein sollte.

Endlich tut sich was, und seine blonde Mähne kommt zum Vorschein. Ich schmunzle, als ich ihn oben ohne und in einer Jogginghose, die locker auf seinen Hüften sitzt, mit zerzausten Haaren zu Gesicht bekomme. Finn ist ein Sonnyboy schlechthin. Mein Blick verweilt auch eine Spur zu lange auf seinem Sixpack.

»Mia.« Er fährt sich mit der Hand durch seine blonden Locken, die ihm bis zum Kinn reichen.

»Kann ich reinkommen?«

Er zögert kurz und lässt seinen Blick über die Schulter schweifen.

»Oh, du hast Besuch …«, stelle ich überrascht fest und bereue gleichzeitig, nicht angerufen zu haben.

»Schon okay.« Ein verschmitztes Grinsen huscht über seine Miene. Dann hält er mir die Tür auf und ich bin ihm unendlich dankbar, dass er mich nicht abweist, denn ich brauche Antworten.

»Tee?«

Doch ich kann mich nur auf den herben, bittersüßen Duft, der meine Nasenflügel emporsteigt, konzentrieren.

»Gott, hier riecht es nach Sex … hattest du? Äh, hab ich dich dabei …«, stottere ich, gleichzeitig hoffe ich, dass mich meine Nase trübt und ich mich irre.

Er hält inne und zeigt mir sein markantes Sonnyboy-Lächeln.

»Du kannst Sex riechen?« Er schmunzelt amüsiert.

»Sex oder du hast monatelang nicht mehr gelüftet. Finn, es ist kaum auszuhalten hier.« Ich schüttle ungläubig den Kopf.

Er hebt seine Hände. »Schuldig.«

»Du lieber Himmel, ich wusste es«, presse ich hervor, während ich meine Hände unschlüssig in die Hüften stemme.

Während er mir eine Tasse Tee zubereitet, frage ich mich, wo er seine Eroberung versteckt hält. Vermutlich gehört er zur dominanten Sorte und hält seine Partnerin in seinem geheimen Spielzimmer fest. Oder die Fantasie geht gerade mit mir durch.

Als er mir den Tee serviert, und ich kurz von dem himmlischen Vanilleduft abgelenkt werde, rufe ich mir in Erinnerung, warum ich hier bin. Dario. Ich will wissen, weshalb er immer wieder für einige Tage verschwindet und für welchen dubiosen Geschäftsmann aus Russland er arbeitet. Außerdem wäre da noch die Sache mit der Verletzung, die mich völlig verrückt macht. Ist er in irgendwelche illegalen Kämpfe verwickelt?

»Es geht um Dario«, platze ich heraus, woraufhin Finns Augen das verspielte Glänzen verlieren und sich etwas Düsteres in ihnen ausbreitet.

»Ich werde nicht über ihn sprechen«, erklärt er bestimmt und sein Ausdruck hat nichts mit der freundlichen Miene von vorhin gemeinsam.

Überschwänglich verdrehe ich die Augen. Das war doch klar …

»Ich hab ja versucht, mit ihm zu sprechen … aber …«, gebe ich kleinlaut von mir, als er seine Arme schwer atmend gegen den Tresen stemmt. Er starrt zu Boden, bevor er mir seine Aufmerksamkeit schenkt. »Egal, worüber du mit mir reden willst, ich kann und werde dir keine Antwort geben.«

Seine Worte bringen mich zum Kochen. Ich bin stinksauer, denn sind wir nicht auch befreundet? Und sollten Freunde nicht füreinander da sein? Doch, das sollten sie. Und wie sie das sollten!

Ich verenge meine Augen zu schmalen Schlitzen und hole zum Gegenschlag aus, als mir eine pinke Frauenjacke, die direkt vor mir auf dem Barhocker liegt, auffällt. Als ich mich weiter umsehe, traue ich meinen Augen kaum. Verflixt. Ich entdecke eine dunkelgrüne Handtasche von Liebeskind, die mir nur allzu bekannt ist, weil sie meiner besten Freundin gehört.

»Oh. Mein. Gott«, rufe ich.

»Ihr hattet Sex? Oh. Mein. Gott.« Ich schlage mir die Hände vor den Mund, um unnötige Worte oder Anschuldigungen zu verhindern. Nicht ausgeschlossen, dass ich sonst Dinge von mir gebe, die ich lieber für mich behalten sollte.

»Das ist jetzt nicht …«

»Wonach es aussieht?«, falle ich ihm ins Wort.

Aus dem Augenwinkel heraus nehme ich meine Freundin wahr, die sich still zu uns geschlichen hat. Mit unfassbar leisen Schritten, so wie sich ein Raubtier an seine Beute anschleicht. Ich bin nicht diejenige, die etwas Falsches getan hat. Es war nicht richtig, mit Dario zu schlafen, und Paul gegenüber war es keines Falls fair. Aber es geht hier nicht um mich, sondern vielmehr um meine beste Freundin, die seit Jahren in einer Beziehung mit einem meiner Freunde steckt, und mit einem anderen guten Freund schläft. Gott, wann sind wir eine Art sexuelle Kommune geworden?

»Lass es mich erklären.« Ihre Stimme hat die Kraft verloren, sie fiepst wie eine kleine Maus, was so gar nicht zu ihrer starken Persönlichkeit passt.

Mein Gesicht muss wohl in eine seltsame Starre gefallen sein, ich will eine Regung von mir geben, doch so sehr ich mich auch bemühe, es gelingt mir nicht.

»Also, Ben und ich … Ich liebe ihn, aber es läuft nicht mehr so zwischen uns.«

»Du liebst ihn?«, entsetzt starre ich sie an.

»Ja, ich liebe ihn.«

Ich versuche, mich zu beruhigen und mir einzureden, dass mich das alles ohnehin nichts angeht. Nicht wirklich jedenfalls.

»Sicher, dass du nicht eine gewisse Bequemlichkeit mit Liebe verwechselst?« Ich sage das nicht vorwurfsvoll, es liegt Bemühen in meinem Tonfall, denn wenn Clara Ben nicht liebt, sollte sie die Beziehung beenden. Größere Sorge bereitet mir, dass das einfach nicht zu ihr passt. Sie ist nicht unehrlich und betrügt, vielmehr ist sie selbstbewusst und steht zu dem, was sie sagt.

»Läuft das schon länger zwischen euch beiden?«

Während ich die Frage ausspreche, sucht Clara Finns Blickkontakt.

»Alles klar. Das läuft schon eine Zeit lang.«

»Es tut mir so leid.« Ihr Ausdruck gleicht einem Unschuldsengel und so sehr ich meine Erinnerungen auch durchforste, so habe ich Clara noch nie erlebt.

»Das glaub ich dir sogar. Hat Ben eine Vermutung oder willst du es ihm sagen?«

»Er weiß davon. Also … dass ich jemanden habe, mit dem ich schlafe.«

Meine Stirn legt sich in Falten und abwechselnd lese ich in Finns und Claras Miene. In keiner Weise kann ich begreifen, weshalb sie einen derartigen schweren Betrug, noch dazu an Ben, vollziehen.

»Er weiß aber nicht, dass Finn der Mann für deine Glücksmomente ist?«, frage ich meine Freundin, obwohl ich die Antwort bereits ahne.

»Nein, das weiß er nicht«, gibt sie kleinlaut von sich, scheut sich aber nicht, mir dabei direkt in die Augen zu blicken.

»Und das soll auch so bleiben«, vermeldet Finn.

Ich verenge meine Augen zu Schlitzen, denn ich will hoffen, dass er mir gleich irgendeine schlüssige

Erklärung, welche mein Weltbild geraderückt, bietet.

»Ist es nur Sex oder plant ihr schon eure Verlobungsfeier?«, blaffe ich, dabei wandert mein Zeigefinger zwischen den beiden hin und her, so, als würde ich einen Zauberspruch sprechen.

»Sex.« Claras Antwort kommt eindeutig zu schnell über ihre Lippen.

Ich verdrehe die Augen und heimse mir dadurch einen vorwurfsvollen Blick ein. Wofür? Weil ich ihnen sage, dass das, was sie hier tun, schlichtweg falsch und hinterhältig ist?

»Das läuft ja prima. Jetzt stecke ich in der Sache auch noch mit drin.« Ich schüttle ungläubig den Kopf, weil ich nicht begreifen will, in was ich hier reingeraten bin.

»Im Grunde geht es dich nichts an.«

Mein Kopf schnellt in Finns Richtung.

»Deine Geschichte mit Dario ist auch nicht gerade berauschend«, fährt er unverblümt fort.

»Das war was Einmaliges.« Ich funkle ihn an und um etwas runterzukommen, laufe ich auf und ab.

Er hat Nerven. Schubst mich doch tatsächlich ins Rampenlicht. Und warum weiß er davon?

»Du hattest Sex mit Dario?« Es ist, als hätte sie einen Blitzstimmbruch hinter sich, denn ihre Stimme strotzt vor Tiefe.

»Nicht der Rede wert«, wiegle ich ab, doch auf ihrem Gesicht spiegelt sich ein hauchzartes Schmunzeln wider.

»Dann ist es wahr. Ich hätte das zwischen euch nicht für möglich gehalten. Ben und Finn hatten Wetten auf euch abgeschlossen.«

Wo bin ich gelandet? Ich bin gekommen, um hinter Darios dunkle Seite zu kommen, weil ich wissen will, weshalb er tagelang verschwindet und dann mit klaffenden Wunden zurückkehrt. Und was habe ich erfahren? Clara und Finn haben eine Affäre. Und auf mich werden irgendwelche Wetten abgeschlossen. Bin ich denn die Protagonistin einer bescheuerten Sitcom?

Ich visualisiere meine eigenen Probleme und wende mich erneut Finn zu. »Willst du mir etwas über Dario verraten?«, frage ich und lasse meine Stimme ungewohnt hart klingen.

Doch er presst seine Lippen aufeinander und schüttelt den Kopf. »Sprich mit ihm.«

»Clara?«, wende ich mich ihr hoffnungsvoll zu.

»Ich weiß nichts.«

Nickend prüfe ich sie. »Willst du mir helfen, dahinterzukommen?«

Sie lächelt. »Ich würde alles tun, um dich endlich wieder glücklich zu sehen.«

Eine knappe Stunde später stehen wir inmitten des Gästezimmers und beäugen Darios Kleidungsstücke. Mit verschränkten Armen fixieren wir jeden Winkel des Raumes, doch irgendetwas hindert uns daran, seine Sachen zu durchwühlen. Noch jedenfalls. Aber was glaube ich, zu finden? Er wird wohl kaum irgendwelche Hinweise zwischen seinen Shorts versteckt aufbewahren.

»Es sieht so aus, als wäre er dein Untermieter.«

»Das Zimmer wird immer voller«, gebe ich zu.

Ich werfe all meine Vorsätze über Bord und wage den ersten Schritt. Langsam öffne ich die Schranktür und beginne, seine Hemden zu durchwühlen.

»Wonach suchst du eigentlich?«

»Wenn ich das nur wüsste.« Unwissend hebe ich meine Schultern an und lasse sie gleich darauf wieder sinken. »Er verbirgt etwas vor mir.«

»Unter Umständen fühlt es sich eigenartig an, weil er mit Paul befreundet war«, beruhigt sie mich. In diesem Moment würde ich alles dafür geben, damit sie nur recht behält.

»Wir wissen nichts über Dario. Kennst du seine Eltern? Hatte er jemals eine feste Freundin?«

Clara legt ihre Hand auf meine Schulter und als ich mich ihr zuwende, beäugt sie mich mit sorgenvoller Miene.

»Dario ist unser Freund. Er hat keine Leichen im Keller versteckt. Hör auf. Du stehst dir nur selbst im Weg.«

Wir schweigen, und ich überlege kurz, ehe ich weiterspreche. »Ich befinde mich in der dunkelsten Sackgasse meines Lebens. Ich weiß nicht, wie ich auf die absurde Idee komme, seine Sachen zu durchwühlen.«

Sie schenkt mir ein liebevolles Lächeln.

»Du hast deinen Partner verloren. Du darfst dich aufführen wie eine Irre.« Sie schmunzelt sanft und stößt mir mit dem Ellbogen spielerisch in die Seite, woraufhin sie mich in ihre Arme zieht und ihre innige Wärme auf mich überschwappt. Es tut gut, ihre Nähe zu spüren. Ich habe sie zu lange nicht an mich herangelassen und merke erst jetzt, wie sehr mir das gefehlt hat.

»Was ist los mit dir und Ben?«, hauche ich an ihrer Brust, während ich es auskoste, von ihr gehalten zu werden.

»Unser Sexleben ist eingeschlafen. Er hat auch eine Affäre.«

Abrupt reiße ich mich los, um ihren Blick einzufangen, denn ich will wissen, wie es ihr wirklich geht. So etwas steckt man doch nicht einfach so weg, oder?

»Sieh mich nicht so anklagend an. Du weißt doch, dass ich eine verruchte Seite an mir habe. Außerdem genügt es mir nicht, einmal im Monat meine Beine zu spreizen. Und das für Blümchensex.«

Abwehrend gestikuliere ich, weit lieber würde ich ihr den Mund verschließen, stattdessen halte ich mir die Ohren zu. »Nein, das will ich nicht hören.«

»Lass uns einen Cocktail trinken gehen, wir haben einiges nachzuholen«, amüsiert sie sich über meine Reaktion.

Und tatsächlich verspüre ich einen Anflug von Appetit. Cocktail. Klingt großartig.

Was für ein Abend. Beflügelt, befreit und ohne weitere Gedanken an Dario zu verschwenden, komme ich einige Stunden später zurück in meine vier Wände. Wie wohltuend das doch war. Wir haben gelacht, geweint und uns die ewige Freundschaft geschworen. Egal, was kommen mag, wir zwei gegen den Rest der Welt und wenn es sein muss, gegen alle anderen Bewohner anliegender Planeten.

Die Sache mit Ben verstehe ich immer noch nicht, aber Clara meinte, dass sich das früher oder später auflösen wird. Derzeit bräuchten sie und Finn sich noch zu sehr. Sie versicherte mir auch, dass das auf Gegenseitigkeit beruht. Sie wird wohl recht behalten. Ich hoffe es zumindest.

Als ich den Wohnungsschlüssel auf die Anrichte lege und mich in Richtung Wohnzimmer in Bewegung setze, fällt mir das Schimmern der Stehlampe auf. Ach du lieber Himmel. Mein Herz galoppiert augenblicklich und das Adrenalin schießt durch meine Adern. Wann hatte ich das Licht das letzte Mal an? Noch nie? Ich benutze diese dämliche Lampe nicht.

Ein Regenschirm ist die erstbeste Waffe, die mein panisches Ich wahrnimmt. Schnell schnappe ich ihn mir und halte ihn waagerecht vor meine Brust, sodass die Spitze nach vorne zeigt und den Eindringling hoffentlich abschreckt. So der Plan.

Möglicherweise hat Clara die Lampe angemacht und vergessen, sie wieder auszuschalten, als ich mich vorhin im Badezimmer zurechtgemacht habe. Klingt äußerst plausibel. Und warum renne ich dann mit einem lächerlichen Schirm als Waffe in meiner Wohnung, bei der noch nicht einmal das Türschloss beschädigt ist, herum? Weiterhin fixiere ich mich auf einen Verbrecher, der sich anscheinend in die Wohnung gebeamt hat. Warum laufe ich nicht einfach davon? So kenne ich mich selbst nicht. Mein inneres Ich läuft gerade Amok, weil ich nicht das Weite suche.

Mit einem Mal bin ich mutiger, als ich es jemals für möglich gehalten habe. Ich wage einen großen Schritt nach vorn und stehe mit beiden Beinen im Wohnzimmer. Zugegeben, sie schlottern ganz schön vor sich hin, als ich vorsichtig die rechte Seite scanne und dann meinen Kopf auf die linke wandern lasse. Nichts. Ich bin erleichtert und das rasante Pochen in meinem Herzen lässt nach. Und mit einem Mal wird mir der Schirm aus der Hand geschlagen, ich höre es knacken, sehe den Schirm vor meinen Augen, wie ihn zwei Hände geschickt herumwirbeln. Unterdessen droht mein Körper, zu verglühen, so muss sich die Hölle anfühlen. Schweißperlen sammeln sich auf meiner Stirn und ich vergesse, zu atmen. Schließlich presst der Eindringling den Schirm gegen meinen Brustkorb, zieht mich ein ganzes Stück nach hinten und hält mich gefangen. Ich komme nicht raus. Vor mir wurde der Schirm quergelegt und hinter mir befindet sich, dicht an meinen Körper gepresst, mein Angreifer. Meine Knie drohen, nachzugeben, als sich ein herber Duft meine Nasenflügel emporschlängelt und ich begreife. Zedernholz und Lavendel, das verbinde ich nur mit einer Person.

»Dario«, hauche ich tonlos.

»Wolltest du mich mit dem Ding hier aufspießen?« Er gibt mir etwas Spielraum, lässt mich jedoch nicht ganz frei und zeigt auf den Regenschirm, dabei zucken seine Mundwinkel.

»Du bist so verflucht schnell«, stelle ich fest, während ich immer noch nach Luft ringe. »Bist du ein Vampir?«, frage ich und bin mir selbst nicht sicher, ob ich das auch nur annähernd scherzhaft meine. Ich bin erleichtert, als ich meine Hand freibekomme und reibe mir zur Beruhigung über den Brustkorb.

»Dann wärst du schon längst unsterblich.« Während er die Worte an meine Wange flüstert, gibt er mich vollkommen frei, lässt den Schirm vor meinen Augen tanzen und steckt ihn mit Schwung zurück in den Schirmständer.

Nach wie vor hebt und senkt sich mein Brustkorb schnell. Wie stellt er das bloß immer an? Gehört er einer geheimen Einheit an, die sich gegenseitig mit langen, dünnen Gegenständen bekämpft? Wenn er nicht Edward Cullen ist, warum ist er im richtigen Moment zur Stelle und reagiert wie der Blitz?

Mir kommt eine zündende Idee. Das wäre doch gelacht, wenn ich das nicht herausfinde. Bisher hatte er immer, wenn ich versucht war, etwas fallen zu lassen, seine geschickten Hände gezückt und den Gegenstand aufgefangen. Er wird es wieder tun, da bin ich mir sicher.

Ich fixiere die Obstschale mit der filigranen Rosenverzierung, die mir meine Großmutter vor einigen Jahren zu Weihnachten geschenkt hat, mache eine absichtlich unabsichtliche Handbewegung, und schiebe sie an den Rand der Kochinsel, sodass sie kurz wippt und schließlich zu Boden fällt. Mein Blick klebt an der Schale, denn jeden Augenblick werden Darios flinke Finger zugreifen und mein Lieblingsstück vorm Zerbrechen retten.

Doch dann passiert etwas, womit ich nicht gerechnet hätte. Ein schallendes Klirren und ich sehe mit an, wie das hübsche Porzellan in Hunderte Einzelstücke zerbricht. Ich beiße mir auf die Lippen und funkle Dario, der die ganze Zeit neben mir gestanden hat und nur den Arm hätte ausstrecken brauchen, um das Scherbenmeer zu verhindern, an. Bilde ich mir das gerade ein oder blitzen seine Augen vor Belustigung auf?

»Was sollte das eben?«, hake ich vorwurfsvoll nach, doch seine Miene bleibt unverändert. Ich hingegen drohe, jeden Moment zu rebellieren und mein Wohnzimmer kleinzuschlagen.

»Das könnte ich dich ebenso fragen.«

Obwohl ich selbst schuld daran habe, kostet es mich eine Menge Kraft, meine Wut zurückzuhalten. Mir wird einfach alles zu viel. Die letzten Wochen waren mehr, als ich jemals dachte, durchzustehen, und jetzt diese Gefühlsachterbahn mit Dario. Vor allem aber auch, weil ich einfach nicht hinter sein Geheimnis komme.

Ich wende mich von ihm ab, allerdings hält er mich im letzten Moment am Arm zurück. »Hast du gefunden, wonach du gesucht hast?«

Ich blinzle ihn irritiert an, weil ich erst nicht weiß, worauf er hinauswill.

»Du hast meine Sachen durchwühlt«, wirft er mir vor, dabei funkelt er mich an.

Hilfe. Clara. Hilfe. Wo ist meine Freundin, wenn ich sie dringend brauche? Soll ich ihn belügen oder zugeben, dass ich ein kleines bisschen gestöbert habe? Eigentlich habe ich nicht mal richtig damit begonnen. Immerhin kam mir Clara, mit dem Vorschlag in eine Cocktailbar zu gehen, zuvor.

Schluss damit. Ich will keine Lügen mehr, selbst wenn meine Suchaktion gerade mal ein paar Sekunden stattgefunden hat.

»Das ist dir aufgefallen?« Herausfordernd recke ich ihm mein Kinn entgegen und ernte dafür ein anerkennendes Nicken.

»Du hast dich bemüht, aber es ist mir nicht entgangen«, bemerkt er mit einer hochgezogenen Augenbraue.

»Ich kann keine Kinder bekommen«, höre ich mich sagen, und die Worte hallen in meinen Ohren wider. Keine Kinder bekommen. Keine Kinder bekommen … Es will einfach nicht aufhören.

Was ist bloß in mich gefahren? Drehe ich jetzt vollkommen durch, oder weshalb erzähle ich ihm sonst davon? Es passt noch nicht mal annähernd zu unserer Unterhaltung von eben. Habe ich vor seiner Reaktion Angst? Definitiv, ja. Allerdings ertrage ich so einiges, und seine Standpauke hätte ich in Nullkommanichts weggesteckt. Ich hätte sie sogar verdient. Mehr als das.

Will ich sein Mitleid? Nein, ich brauche kein Mitleid, ich kann das gut mit mir alleine ausmachen. Außerdem lechze ich nicht nach gut gemeinten Zusprüchen von Freunden. Erst recht nicht von ihm. Und warum zur Hölle erzähle ich Dario mein streng gehütetes Geheimnis und bei Paul habe ich niemals ein Sterbenswörtchen darüber verloren? Was. Ist. Bloß. Los. Mit. Mir. Hysterisch brülle ich in mich hinein.

»Paul hat nicht drüber gesprochen. Er erzählte davon, wie sehr er sich darauf freut, eine Familie mit dir zu gründen.«

Ich muss es nicht laut aussprechen, mein Augenpaar sucht das seine und er liest darin, als wäre es ein offenes Buch.

»Er wusste es nicht«, haucht er und ein trauriger Schleier legt sich über sein Gesicht.

Obwohl es mir schwerfällt, nicke ich. Sein überheblicher Blick von vorhin ist wie weggefegt. Doch als er mich in seine Arme ziehen will, reiße ich meine Hände abwehrend nach oben. »Ich brauch dein Mitleid nicht.«

»Kein Mitleid. Trost«, widerspricht er in einem gedämpften Tonfall und zieht mich, trotz meiner Abwehr, zu sich.

»Wir wollten den ganzen Kram mit der Nähe lassen«, flüstere ich, obwohl ich insgeheim an seiner Brust lächle. »Wir wollten die Sache mit dem Sex lassen.«

Als ich ein Stück von ihm weiche und zu ihm aufsehe, entdecke ich das unverwechselbare Zucken seiner Mundwinkel.
»Wir wollten Freunde bleiben.«
»Das werden wir auch. Hoffentlich.«

Etwas später finde ich mich auf dem Sofa in Darios kräftigen Armen, in denen ich mich endlos geborgen fühle, wieder. Wir trinken Tee und genießen die Stille. Zu meiner Erleichterung treten wir das Thema meiner Unfruchtbarkeit nicht breit, was ich wirklich zu schätzen weiß. Er stellt mir keine unangenehmen Fragen und lässt auch die Frage nach dem Warum aus. Warum ich unfruchtbar bin ... Warum ich es Paul verschwiegen habe ... Und so weiter.

Ich koste es aus, von ihm gehalten zu werden, auch wenn ich jederzeit damit rechne, dass er wieder verschwindet. So wie immer.

»Was glaubtest du, im Gästezimmer zu finden?«

Die Stille ist vorüber. Okay, dann habe ich mich wohl zu früh gefreut.

Seine Frage lässt mich schwer schlucken.

»Einen Hinweis.«

»Wonach suchst du?«, fragt er sanft und streichelt fortwährend über mein Haar. Seine Lippen ruhen darauf und sein heißer Atem, der auf meine Kopfhaut trifft, verteilt ein sanftes Kribbeln. Doch so sehr ich diesen intimen Moment auch genieße, ich muss seine Reaktion sehen, deshalb hieve ich mich hoch, um ihn direkt anzusehen. »Ich will wissen, warum du immer wieder fortgehst und woher du diese Schnittwunde hast. Es ist offensichtlich, dass du etwas verbirgst.«

»Es wird dir nicht gefallen«, erklärt er mit rauer Stimme, die mich erneut schwer schlucken lässt. Ein leichter Schauer zieht sich über meinen Rücken, was das Übliche dazu beiträgt, dass ich mir sicher bin, dass er etwas immens Schwerwiegendes verschweigt.

»Wirst du es mir verraten?« Meine Lippen beben, weil ich Darios Geheimnis in wenigen Minuten erfahren werde. Ich weiß, dass es mir nicht gefallen wird. Auch deshalb, weil er es mir versichert hat.

Doch anstatt zu antworten, lässt er seine Hand über meine Wange gleiten und haucht mit seinen zarten Lippen einen Kuss auf meine Stirn.

Neun

Dario

Als ich das kleine Lokal in Stresa am Lago Maggiore betrete, fällt mir sofort der ältere Mann, der alleine an einem Tisch sitzt, auf. Sein Gesicht ist von Falten gezeichnet und sein Oberlippenbart lässt darauf schließen, dass er großen Wert auf sein Äußeres legt. Sein Anzug ist schick, aber nicht weiter auffällig.

Weshalb er darauf bestand, mich an einem öffentlichen Ort zu treffen, erschließt sich mir nicht ganz. Aber es stört mich nicht weiter, immerhin kenne ich ihn nicht, und deshalb verstehe ich seine Unsicherheit. Als er mich entdeckt, erhebt er sich und streckt mir seine Hand zur Begrüßung entgegen. »Bolognaro.«

»Belic. Dario.«

Ein kurzes Schmunzeln zeichnet sich auf seinem Gesicht ab. »Antonio«, setzt er nach, während er mich skeptisch mustert.

Ich will es erst mit etwas Small Talk und Freundlichkeit versuchen, ehe ich mit der Tür ins Haus falle. Denn ich bin nicht hier, um mich mit einem in die Jahre gekommenen Italiener über das Essen oder die heißblütigen, südländischen Frauen zu unterhalten, sondern, weil ich wichtige Informationen benötige.

»Erfreut. Bolognaro, sagten Sie? Aus Stresa?«

»Nicht verwandt. Obwohl ich, gerade hier, öfters darauf angesprochen werde. Was kann ich für Sie tun?«, fragt er in ungeduldigem, rauchigem Ton.

Er will gleich zum Punkt kommen. Auch gut. Ehrlich gesagt, werde ich aus dem Kerl nicht schlau, und das ist selten der Fall. Er hat einen sündhaft teuren Montblanc Kugelschreiber vor sich auf dem Tisch abgelegt und trägt maßangefertigte Lederschuhe von Stefano Bemer. So jemand verdient sein Geld unmöglich auf eine ehrliche Art und Weise.

Andererseits wirkt er auf mich zu „umgänglich", um ein Mafioso zu sein. Im Laufe der Zeit habe ich einige dubiose Gestalten kennengelernt, doch er passt nicht in das Bild eines Verbrechers.

»Paul Keeler«, rücke ich ohne Umschweife mit der Sprache heraus.

Er mustert mich für einen Bruchteil einer Sekunde zu lange, eher er antwortet. »Ist vor ein paar Monaten gestorben. Ein Autounfall. Das hätte ich Ihnen auch am Telefon sagen können.«

»Das ist mir bekannt. Für diese Information hätte ich die weite Anreise nicht auf mich genommen. Es geht mir vielmehr um seine Tochter.«

Er kneift seine Augen etwas zusammen, dabei beäugt er mich prüfend. Ich wette darauf, dass er ein Pokerface aufsetzen und das Spiel des Unwissenden vortäuschen wird.

»Er hatte eine Tochter?«, fragt er mit eiserner Miene und greift nach seinem Espresso. Meine jahrelange Erfahrung sagt mir, dass das eben eine Lüge war. Der Griff nach dem Espresso, sein ausweichender Blick, er macht es mir leicht, das zu erkennen.

»Bitte. Antonio, lassen wir das. Er hat eine fünfjährige Tochter, die in einem kleinen Städtchen im Süden Italiens lebte.« Bei dem Gedanken, dass sie sich in den Fängen der Mafia befindet, reißt beinahe mein Geduldsfaden. Ich muss erfahren, wo sie steckt und wie es ihr geht.

»Wer sind Sie, Dario? Und was haben Sie damit zu schaffen? Ich kannte Paul, Sie jedoch, kenne ich nicht.« Seine Miene verändert sich und seine Falten kommen noch deutlicher zum Vorschein, er wirkt misstrauisch.

Auch wenn ich nichts weiter will, als einen Namen aus ihm herauszubekommen, hat er vollkommen recht. Er kennt mich nicht und hat jeden erdenklichen Grund, mir zu misstrauen. Trotzdem muss ich das Gespräch vorantreiben, denn die Zeit verrinnt, und jede Minute ist kostbar.

»Waren Sie mit Paul befreundet oder kannten Sie ihn nur flüchtig?« Ich lasse nicht locker und hake weiter nach.

»Befreundet würde ich nicht sagen, aber ich habe ihn ein paarmal gesehen. Ich habe ihn über Flavio kennengelernt. Und ich schulde Flavio einen Gefallen, nur deshalb habe ich diesem Treffen zugestimmt.« Er lässt den teuren Kugelschreiber zwischen seinen Fingern hin und her gleiten und klopft damit aufs Holz. Er wirkt beunruhigt.

»Sehen Sie, Antonio, hier schließt sich der Kreis. Flavio schuldet auch mir einen Dienst.« Ich lege Freundlichkeit in meine Worte, denn vor mir hat der Alte nichts zu befürchten.

Sichtlich entspannt sich seine Haltung. Er erwidert ein zaghaftes Lächeln, ehe er sich nach dem Kellner umdreht und zwei Espressi bestellt. Er ist also bereit, zu sprechen.

»Schrecklich, was letztes Jahr mit Daniella passiert ist. Dass sie in solche Kreise geraten ist. Und jetzt auch noch der Unfall von Paul, das macht die Kleine zur Vollwaise«, sagt er mit Bedauern.

»Wo ist sie jetzt?«, hake ich nach, bemüht, meine Frage nicht allzu fordernd klingen zu lassen, immerhin nähern wir uns gerade erst an.

»Das entzieht sich meiner Kenntnis. Ich weiß nur, bei wem sie ist. Sein Name ist Spinelli. Und er ist nicht gerade ein Mann, dem man seine Tochter anvertraut. Aber das haben Sie sich wahrscheinlich schon gedacht.«

»Was muss sie für ihn machen?«, kläffe ich den Alten an, unterdessen mahlt mein Kiefer. Nicht auszudenken, was er mit ihr anstellt.

»Nicht das, was Sie vermuten. Dafür ist sie zu jung. Selbst für Spinelli. Bevor sie nicht vierzehn ist, hat sie nichts zu befürchten. Und wenn sie so schön wird, wie es ihre Mutter war, dann wird ihr dieses Schicksal blühen.«

Es fällt mir schwer, die Fassung zu bewahren, obwohl es ein Leichtes sein sollte. Allerdings stecke ich zu tief in der Sache drin, als dass ich das auch auf irgendeine Art abschotten könnte.

»Wie komme ich an sie heran?«

Er räuspert sich kurz. »Sprechen wir es klar und deutlich aus. Sie ist in den Händen der Mafia und wenn Ihnen ihr eigenes Leben lieb ist, lassen Sie die Finger von der Sache! Diese Typen fackeln nicht lange. Sie sind doch Pilot, oder?« Er deutet auf meine Jacke. »Was haben Sie mit der Sache zu schaffen?«

»Paul war mein bester Freund, viele Jahre lang. Und ich bin es ihm schuldig. Nicht nur ihm. Ich muss an das Mädchen ran. Kann ich auf Sie zählen, Antonio?«

Er hält einige Sekunden inne. Ich würde nicht sagen, dass er Angst hat, es scheint nur eine Sache zu sein, die er wohlüberlegt wissen will.

»Wo sich Spinelli aufhält, weiß ich nicht. Aber ich nenne Ihnen einen Namen, Giovanni Basile. Er ist Spinellis rechte Hand.«

»Und wo finde ich ihn?« Ich bin erleichtert, als wir der Sache näher kommen, was ich ihm aber nicht zeige.

Bolognaro kratzt sich am Kinn, um etwas Zeit rauszuschlagen. »Sie haben eine Woche. Er trifft sich jeden ersten Mittwoch des Monats im Hotel Excelsior in Catanzaro. Er treibt in der Gegend Schutzgelder ein und genehmigt sich danach ein paar Getränke mit seinen Freunden in einer separaten Bar des Hotels.«

»Woran erkenne ich ihn?«

»Mittlere Statur und graues Haar«, gibt er schmunzelnd zurück.

»Geht es etwas genauer?«, frage ich weniger belustigt. Den Small Talk haben wir bereits hinter uns gebracht. Außerdem sieht der bärige Typ an der Bar zu auffällig in unsere Richtung. Ich wage einen Schuss ins Blaue.

»Und Ihrem Lakaien können Sie sagen, dass er sich gerne zu uns setzen kann. Das stört mich nicht weiter.« Meine Mundwinkel zucken, obwohl ich die Situation ernst genug nehme. Doch ich traue dem alten Herren.

Antonio dreht sich zu dem korpulenten Mann im Anzug und gibt ihm ein Zeichen. Daraufhin wendet er sich wieder zu mir, und aus seiner nun sorgenvollen Miene geht hervor, dass er schon so einiges miterleben musste.

»Dario, ich bin ein ausgezeichneter Menschenkenner. Sie wirken wie ein ehrlicher Mann, der ein ambitioniertes Ziel verfolgt. Aber Sie können nicht erwarten, dass ich ohne Sicherheitsvorkehrungen zu so einem Treffen komme.«

Ich nicke verständnisvoll.

»Basile hat einen Gehstock, den er seit seiner Knieverletzung braucht. Nur für den Fall, sollten Sie jemals in seine Nähe kommen, man erzählt sich, in seinem Stock sei eine scharfe Klinge verborgen. Seien sie also auf der Hut!«

»Das habe ich, ehrlich gesagt, nicht vor, aber vielleicht ist es unvermeidlich. Sie wollen mich nicht zufällig begleiten?«, frage ich ihn, obwohl ich weiß, dass er ablehnen wird. Niemand begibt sich freiwillig in die Nähe dieser Kriminellen.

Sein künstliches Lachen donnert durch das Lokal.

»Mein Freund, dafür bin ich zu alt, außerdem zu reich. Und so viel schulde ich Flavio nun auch nicht!« Er unterstreicht seine Worte mit einem vielsagenden Zwinkern.

»Verstehe. Sie haben was gut bei mir.«

Er schüttelt den Kopf. »Ich hoffe, dass ich Sie nicht mehr zu Gesicht bekomme.« Er erhebt sich und greift sich meinen Oberarm, so als würde ein Vater seinem Sohn einen gut gemeinten Ratschlag geben.

»Seien Sie vorsichtig. Alles Gute!«, warnt er mich ein allerletztes Mal, ehe er auf dem Absatz kehrtmacht und ich ihm dabei zusehe, wie er in gemächlichen Schritten das Lokal verlässt.

»Sieh mal einer an.« Ich blinzle Dario freudestrahlend entgegen. Klar, ich habe mit ihm gerechnet, allerdings war ich mir nicht ganz sicher, ob er es tatsächlich rechtzeitig auf Bens Geburtstagsfeier schafft. Immerhin hätte es gut möglich sein können, dass er einen weiteren Flug aufgebrummt bekommt. Sein russischer Arbeitgeber hat sich nicht nur einmal als spontaner Geselle erwiesen.

»Hey«, begrüßt er mich mit einem sexy Grinsen, dabei haucht er mir einen Kuss auf die Wange. Ich fühle die Wärme weiterhin an der Stelle nachklingen, die noch vor wenigen Sekunden von seinen hauchzarten Lippen berührt wurde. Beinahe komme ich in Versuchung und will die Stelle mit meinen Fingern berühren, so entzückt bin ich darüber, als wäre ich wieder ein Schulmädchen, das gerade eben seinen ersten Kuss erleben durfte.

Clara steht mit geweiteten Augen neben mir. Sie schaut regelrecht fassungslos drein. Ich ahne, was sie sich denkt. Dario und ich wirken ungewohnt vertraut zusammen. Seit letzter Woche, als ich Dario von meiner Unfruchtbarkeit erzählt habe, hat sich unsere Beziehung zueinander verändert. Ich fühle mich mit ihm verbunden, auf eine intensive Art und Weise. Obwohl wir uns einig sind, unsere sexuellen Bedürfnisse hintanzustellen, hat sich unser Umgang dahingehend entwickelt, dass wir unsere Gedanken miteinander teilen. Natürlich kostet es mich immense Überwindung, meine Finger von ihm zu lassen, zumal ich mich nach seinen Berührungen sehne und sie vermisse. Doch wie kann ich etwas vermissen, das ich erst seit Kurzem für mich entdeckt habe? Mit Dario ist es anders, als es mit Paul war. Er fehlt mir. Jede Minute meines Lebens. Manchmal ist es unerträglich, dann wiederum fühlt es sich so an, als wäre es schon immer so gewesen. Allmählich scheine ich mich daran zu gewöhnen. Meine Zuneigung zu Dario ist keine Ablenkung oder ein Trost, damit ich über die Trauer hinwegkomme. Es fühlt sich aufrichtig an.

Aber wie konnte sich mein Herz so schnell auf eine andere Person einlassen? Schlimmer noch, auf seinen besten Freund? Ich weiß, dass ich Paul geliebt habe und es immer noch aus ganzem Herzen tue.

War es Egoismus? Was ist angemessen? Wie lange sollte ich um Paul trauern? Vermutlich ist es niemals in Ordnung, mit dem besten Freund zusammen zu sein, selbst nach Jahren nicht. Die Nacht in Kroatien war atemberaubend. Doch das Ganze war offensichtlich falsch, aber andererseits fühlte es sich so echt an.

Dario hatte sich letzte Woche jeden Tag gemeldet. Das tat er sonst nicht. Zwar waren es nur wenige Minuten, aber seine Stimme zu hören, wirkte unheimlich beruhigend auf mich. Sein Geheimnis, welches er weiterhin hütet, kenne ich trotz unserer vielen Gespräche nicht. Ich komme einfach nicht dahinter. Wie auch immer, ich hake nicht mehr aktiv nach. Abgesehen davon, will ich nicht verrückt oder paranoid wirken.

Schon eine ganze Weile spüre ich die prüfenden Blicke meiner besten Freundin an mir haften. Seit ich hinter ihre sündhafte Affäre mit Finn gekommen bin, ist es mir aber egal, wenn sie mich dabei ertappt, wie ich Dario anschmachte. Sozusagen, jeder soll erst vor seiner eigenen Haustür kehren, so der Spruch, den meine Mum so gerne verwendet.

»Ladys, ich besorg uns was zu trinken.« Dario schmunzelt, während er das erste Wort ungewöhnlich lang zieht. Tonlos sieht Clara Dario hinterher und wartet ab, bis er aus unserem Blickfeld verschwindet, bevor sie mir ihre ungeteilte Aufmerksamkeit schenkt.

»Seid ihr jetzt ein Paar oder so?« Ihre Frage klingt nicht weiter vorwurfsvoll, was mich erleichtert aufatmen lässt. Doch dann, obwohl ich es verhindern will, wandern meine Mundwinkel bis hoch zu meinen Ohren. »Nein, wir sind Freunde.«

Na, das ging dann mal total in die Hose.

»Deshalb grinst du mich so an, als wärst du die verdammte Grinsekatze. Ich bekomme Aaangst.«

Sie gestikuliert wild mit ihren Armen und sieht dabei unheimlich lustig aus.

»Ernsthaft, wir sind Freunde. Ohne gewisse Vorzüge«, erkläre ich möglichst besonnen, kann mein dämliches Grinsen aber leider nicht ganz abstellen.

Sie nickt eifrig, doch ich erkenne das neugierige Glitzern in ihren Augen.

»Verrenn dich nur nicht«, sagt sie nun mit sorgenvoller Miene, dabei streicht sie mir eine lose Haarsträhne hinters Ohr.

Von ihr ermahnt und zurechtgewiesen zu werden, lässt ein unbehagliches Gefühl in mir aufkommen. Ich bin doch kein Kind mehr. Selbst die blöde Haarsträhne kann ich mir selbst hinters Ohr stecken.

»Wie läuft's mit Ben oder soll ich mich besser nach Finn erkundigen?« Sie sieht nicht annähernd so erschrocken aus, wie ich erwartet hatte. Gut, den Seitenhieb hätte ich mir nun wirklich verkneifen können. Das war eindeutig zu hart und keineswegs nett.

»Eure Martinis.«

Darios Timing ist perfekt. Ich nehme das Getränk an mich und proste meiner Freundin zu. »Entschuldige.«

Sie streift sich über ihr ockerfarbenes Kleid mit den hübschen Sternen darauf und lächelt. Sie ist mir also nicht böse. Dafür bin ich ihr unendlich dankbar, denn sie sieht darüber hinweg und verzichtet auf eine Szene. Clara hat in der Vergangenheit bereits den einen oder anderen hollywoodreifen Auftritt einer Diva hingelegt, doch für mich reißt sie sich mühevoll zusammen. Ich weiß das zu schätzen. Erleichtert führe ich das Martiniglas an meine Lippen.

»Ich sehe mal nach Ben«, höre ich Clara sagen, und schon mischt sie sich mit ihrem ausgefallenen Traumkleid unter die Gäste. Hoffentlich lässt sie ihre Wut nicht an Ben aus. Nein, das wäre nicht ihr Stil. Außerdem hat sie nicht verärgert ausgesehen.

Als Dario und ich alleine zurückbleiben, nehme ich einen kräftigen Schluck aus dem Glas, mehr oder weniger aus Verlegenheit und nicht, weil ich durstig bin.

»Nun, du weißt also über ihr Doppelleben Bescheid?« Er nickt in Claras Richtung.

»Sag bloß ... Wusstest du davon?«, frage ich überrascht und beäuge ihn neugierig. Typisch Dario. Anstatt zu antworten, schmunzelt er bloß in sein Glas hinein.

»Ich weiß auch, dass du heute keinen Slip trägst.«

Augenblicklich wärmen sich meine Wangen, ich bin mir sogar sicher, dass mein Gesicht knallrot anläuft. Ich hoffe zwar, dass sich nur ein leichter rosa Schimmer darauflegt, doch wem will ich hier was vormachen.

Ich kneife meine Lider zusammen und mustere ihn eingehend. »Hast du in meiner Wohnung Kameras versteckt?«, frage ich, wobei ich meine Wohnung besonders betone.

»Dein Kleid verrät dich.« Er schmunzelt unverschämt und lässt seinen Blick langsam über meinen Körper wandern.

Nervös sehe ich an mir hinab. Oh, du lieber Himmel. Womöglich ist es doch nicht so blickdicht, wie ich dachte. Dario amüsiert sich köstlich, dabei legt er seinen Zeigefinger an seine Lippen und fixiert mich mit seinen stahlblauen Augen. Bestimmt auch deshalb, weil er mich absichtlich ärgern will.

»Man sieht nichts«, meint er schließlich. Doch irgendwie klingt er immer noch ein wenig belustigt, weshalb ich an der Ernsthaftigkeit seiner Aussage zweifle.

»Der Stoff ist eng und dünn, die Konturen würden sich abzeichnen«, erklärt er.

Vermutlich denkt er, ich raste jeden Moment aus. Womit er nicht unrecht hat. Mir ist die Situation mehr als unangenehm.

»Meine Liste«, rechtfertige ich mich.

Er grinst wissend. »Ich erinnere mich«, raunt er an meinem Ohr, während er zufällig seine Finger über meinen Oberarm tanzen lässt. Hauchzart erweckt er damit meine Härchen zum Leben und die Gänsehaut breitet sich über meinen gesamten Körper aus.

»Wir wollten das nicht mehr«, presse ich stoßend hervor. Ich nehme mich sichtlich zusammen, denn ich zerfließe förmlich unter seinen bedächtigen Berührungen.

»Da wusste ich nicht, dass du in einem superheißen Kleid, noch dazu ohne Höschen, neben mir stehen wirst.« Er fixiert mich aus schweren Lidern und hält mich mit seinem Blick gefangen. Mein Körper reagiert augenblicklich auf ihn. Egal, was er mit mir anstellen will, ich würde so ziemlich jeden Wunsch von seinen Augen ablesen und erfüllen. Bedingungslos. Er weiß, welche Wirkung er auf mich hat. Er nutzt das nicht schamlos aus, nein, aber er genießt es in vollen Zügen. Da bin ich mir sicher.

»Also, seit wann weißt du über Clara und Finn Bescheid?«

Er lässt sich nicht davon abbringen und fixiert mich weiterhin, sodass ich erschauere.

»Lass uns über dein Höschen sprechen. Außerdem redet man nicht über seine Freunde, wenn sie nicht anwesend sind.«

Himmel, der Mann macht mich verrückt.

»Ich kann doch schlecht die ganze Truppe zusammenrufen und die Affäre ausdiskutieren«, herrsche ich ihn im flüsternden Tonfall an.

»Vielleicht bist du auch nur genervt, weil ihr Sexleben aufregender ist als deines«, scherzt er süffisant.

Meine Stirn legt sich in Falten. Soll ich ihn hier stehen lassen und mich auch unter die Gäste mischen, so wie Clara vor wenigen Minuten? Warum lässt er den Kotzbrocken raushängen? Darüber sind wir doch schon hinaus. Außerdem ist er nicht so. Dario ist einfühlsam und ein außerordentlich guter Freund. Ja, er ist auf eine groteske Weise angsteinflößend und lässt mir regelmäßig kalte Schauer über den Rücken laufen. Vermutlich ist das seine Aura, die auf mich wirkt. Aber im Grunde gehört er zu den Guten.

»Das war mies.« Die lockere Stimmung kippt und er bemerkt, dass er zu weit gegangen ist. Mit sorgenvoller Miene sieht er mich abwartend an.

»Lass das«, blaffe ich.

Er triezt mich, um die Aussage im nächsten Augenblick zu revidieren. Das gibt mir das Gefühl der einsamen Witwe zurück. Ich will nicht andauernd daran erinnert werden, dass mein Leben ziemlich miserabel verläuft.

Unser Wiedersehen entwickelt sich gerade in eine komplett andere Richtung, als ich es mir ausgemalt hatte.

Schwankend und mit einer Bierflasche in der Hand gesellt sich Finn zu uns.

»Na, ihr saht auch schon mal glücklicher aus«, lallt er sturzbetrunken, doch er hat recht.

»Du solltest nichts mehr trinken«, straft ihn Dario mit einem strengen Ausdruck.

Seit wann interessiert es Dario, wenn Finn einen über den Durst trinkt? Das ist doch immer so, und bisher hat er sich nicht daran gestört.

»Große Reden schwingen, das konntest du schon immer.« Ungeschickt boxt Finn ihm in den Bauch, doch der Schlag sitzt. Unter seiner Berührung verkrampft sich Dario, der sich erst wenige Sekunden später wieder aufrichtet. Erschrocken blicke ich abwechselnd in beide Gesichter. Sind die zwei jetzt völlig verrückt geworden und warum knickt Dario unter Finns lächerlichem, mädchenhaftem Angriff ein?

»Immerhin hechle ich keiner vergebenen Frau hinterher«, flüstert Dario bedrohlich leise, sodass nur wir ihn hören können.

»Ich ficke wenigsten nicht die Frau meines verstorbenen, besten Freundes.« Finn tritt einen Schritt näher an Dario heran und bietet ihm die Stirn.

Um Himmels willen. Bin ich hier bei den Topmodels von Heidi Klum gelandet? Haben da Männer mitgemacht?

»Hört sofort auf damit. Hier hat sich niemand etwas vorzuwerfen. Außer Clara, sie ist vergeben«, unterbreche ich das Alphamännchengetue der beiden.

Finns glasiger Blick nimmt mich ins Visier.

»Du hast doch überhaupt keinen Schimmer, was hier überhaupt läuft.«

»Dann klärt mich doch endlich auf, verflucht!« Meine Stimme klingt viel zu schrill. Langsam wird es mir zu bunt, die beiden führen sich auf, als wären sie kleine Jungs.

»Geh nach Hause«, befiehlt Dario, und bevor ich begreife, was hier passiert, hält Dario Finns Bierflasche in den Händen und drückt seinen Arm nach hinten, sodass Finn keine Möglichkeit hat, sich aus dem Griff zu befreien. Zumindest dachte ich das. Finn braucht zwar eine Weile, aber er löst sich geschickt aus Darios Fängen.

Ich dränge mich dazwischen, und suche Darios Augenpaar, das allerdings fortwährend in Finns starrt. Er reagiert nicht auf mich, deshalb presse ich meinen Körper fest gegen ihn, sodass ich seine beschleunigten Atemzüge wahrnehme. Inzwischen bin ich mir nicht mehr sicher, ob die zwei ernsthaft befreundet sind, denn die Situation droht, jeden Moment zu eskalieren.

»Dario«, hauche ich ihm entgegen und drücke ihn mit aller Kraft, noch dazu auf Zehenspitzen, damit ich größer wirke, nach hinten.

Endlich reagiert er auf mein Drängen und starrt mich mit mahlenden Zähnen an. Dabei ist sein Unterkiefer angespannt, und seine Augen sprühen Funken. Ich hadere kurz mit mir, doch das Beste wird sein, ihn von hier fort zu lotsen.

Wortlos greife ich nach seiner Hand, umschließe sie mit meinen Fingern und ziehe ihn mit mir. Ich hatte mit mehr Widerstand gerechnet und bin überrascht, wie folgsam er ist.

In meinem Rücken spüre ich Finns Blicke, doch ein Gespräch erachte ich als sinnlos. Wenn er nüchtern ist, werde ich ihn fragen, was es mit seinen Anspielungen auf sich hat.

Ich laufe schnurstracks vorbei an den Gästen durch den Flur und geradewegs in Bens Badezimmer. Soweit ich weiß, ist das der einzig verschließbare Raum. Und bei dem, was ich gleich vorhabe, möchte ich auf keinen Fall gestört werden.

Als wir dort ankommen, lasse ich Dario frei, drehe mich zur Tür und verschließe sie. Ich sammle mich kurz, bevor ich mich ihm erneut zuwende.

Auch wenn ich gerade alles daransetze, meine Tränen aus Wut und Verzweiflung zurückzuhalten, gelingt es mir nur bedingt. Er kennt mich. Ein Blick reicht aus, und er weiß, was in mir vorgeht.

Trotzdem bin ich nicht mehr die unscheinbare Frau von nebenan. Nein, ich hole mir, was ich will. Und ich will Antworten.

Resigniert steht Dario mit ausdrucksloser Miene vor mir. Ich fackle nicht lange, trete an ihn heran und lege meine Finger an den Saum seines Hemdes. Seine Brust hebt und senkt sich schneller, trotzdem lässt er die Berührung zu. Ich ziehe den feinen Baumwollstoff nach oben, dabei kommt seine Haut zum Vorschein. Der Anblick lässt mich hart schlucken. Seine Bauchmuskeln sind angespannt und treten massig hervor. Darüber zeichnen sich rote, blaue und tiefviolette Flecken ab. Vorsichtig lasse ich meine Fingerkuppen darüber gleiten. Was zur Hölle hatte ich erwartet? Jedenfalls keinen verschrammten Bauch, der so aussieht, als hätte man unzählige Male mit voller Wucht auf ihn eingetreten.

Letztens die Schnittverletzung und jetzt das hier? Was zur Hölle treibt Dario in Russland oder in seiner Freizeit? Was weiß ich schon davon. Das sind keine Zufälle. Paul hatte nie erwähnt, dass Dario mit ihm zum Kampfsport gegangen ist. Von ihm kannte ich solche Verletzungen, aber er hatte immerhin eine Erklärung dafür.

Während ich weiterhin auf die Warnmale starre, spüre ich seine durchdringenden Blicke auf meiner Haut. Er will die Frage nicht hören und ist keineswegs bereit, darauf zu antworten. Er wird mir nichts erzählen. Außerdem ist es nicht meine Sache. Ich sollte die Klappe halten und mich nicht weiter darum kümmern. Wenn das bloß so einfach wäre, mich von ihm fernzuhalten. Er hat eine unfassbare Wirkung auf mich, sodass mein Geist und mein Körper beinahe willenlos sind. Hätte ich es jemals für möglich gehalten, ihm zu verfallen? Nein, nicht mal im Traum. Und doch, ist es geschehen und ich möchte keine Sekunde missen.

Als läse er meine Gedanken, legt er seine Hand in meinen Nacken und führt seine Lippen dicht an meine. Kurz hält er inne, sein Atem, der nach Hochprozentigem schmeckt, stößt auf meine pochende Haut. Alle Versprechungen, jegliche Vorsätze, ihn nicht anzufassen, sind wie weggeblasen. Ich begehre ihn und dessen ist er sich sicher.

Erbittert lässt er seine Zunge in mich gleiten, in dem Kuss liegt Hass, den er auf sich selbst verspürt, weil er mich begehrt. Ich lasse es zu. Seine wilden, forschen Liebkosungen jagen einen Schauer nach dem anderen über meinen Rücken. In meiner Mitte dehnt sich ein lustvolles Brennen aus. Gott, ich verzehre mich nach ihm und bete, dass er keinen Rückzieher macht. Denn der Sex ist nie von ihm ausgegangen. Ich war es immer gewesen, die darum gefleht hat.

Gott, oder wer auch immer, scheint mein Bitten zu erhören. Forsch packt er mich am Oberarm, wirbelt mich herum, sodass ich ihm den Rücken zukehre. Meine flatternden Lider blinzeln mich aus dem Spiegel heraus an, und ich blicke meiner unverblümten Erregung entgegen. Während ich ungeduldig und hibbelig abwarte, bis er endlich seinen Gürtel öffnet, starre ich unablässig auf sein Spiegelbild.

Endlich erlöst er mich, und seine Hose gleitet zu Boden. Während er sich das Kondom überstreift, spüre ich eine kurze Verunsicherung aufkommen, doch der Glanz in seinen Augen lässt mich meine Bedenken vergessen.

Seine Handflächen legen sich fest an meinen Hintern, schieben mein Kleid nach oben und lassen mich laut aufkeuchen. Es ist beschämend, weil ich bei der kleinsten Berührung aufstöhne wie Frauen in einem Porno. Gespielt. Gekünstelt. Doch bei mir ist es echt, ich bin machtlos, denn mein Körper reagiert automatisch auf seine Berührungen, so als wäre ich nicht mehr Frau meiner Sinne.

Unsanft umfasst er mein Haar, wickelt es um seine Faust und führt meinen Kopf an seine Schulter heran.

»Ich liebe dich. Paul war mein bester Freund, ich habe ihn geliebt. Was auch immer passiert, vergiss das nicht«, raunt er, bevor er fest und unnachgiebig in mich stößt.

Ich antworte nicht, denn ich würde nur ein lächerliches Wimmern hervorbringen. Stattdessen gebe ich mich meiner Ekstase hin und genieße seine unwirschen Berührungen, die mich um den Verstand bringen.

Dario lässt sich kurz vom Piepsen seiner Armbanduhr ablenken, dabei verlangsamt sich sein Rhythmus. Ich protestiere ein klein wenig, doch schnell lenkt er seine Aufmerksamkeit zurück zu mir und bringt mich mit den letzten harten Stößen zum Stöhnen.

Schwer atmend halte ich meine Augen weiterhin geschlossen und genieße die pochende Wärme in mir. Ich will nicht zurück in die Realität, sondern die glühende Hitze in mir festhalten, für immer.

»Sieh mich an.«

Seine Worte dringen zu mir vor, doch meine Gliedmaßen reagieren nicht auf die Befehle, so, als gehören sie nicht zu mir.

Vehement konzentriere ich mich darauf, meine Lider, die sich anfühlen, als wären sie kleine Betonklötze, aufzuschlagen. Letztendlich öffne ich sie in Zeitlupe und bringe sie immerhin auf halbmast.

»Hast du mich vorhin verstanden?«

Keine Silbe dringt aus meinem Mund, stattdessen nicke ich leicht. Ich bin zu überwältigt von seinen Worten.

Hat er mir vorhin seine Liebe gestanden? Liebt mich Dario tatsächlich? Womöglich bilde ich mir das alles ein. Liebe ist ein großes Wort, das sagt man doch nicht unüberlegt, oder etwa doch?

»Hör zu, ich muss los.« Seine Stimme klingt milde und doch schwingt in ihr etwas unerklärlich Gefährliches mit.

Augenblicklich zieht sich mein Magen zusammen und ich koche vor Wut. Er haut wieder ab. Einfach so. Er ist noch in mir. Verflucht! Somit erkläre ich die Liebesbekundung von vorhin zur Nichtigkeit meines Lebens.

Ich bin stinksauer und das verberge ich erst gar nicht. Weshalb auch. Er kennt mich seit Jahren, es wäre sinnlos, ihm etwas vorzumachen.

Der Zauber von vorhin ist verflogen. Er zieht sich aus mir zurück und ich zögere nicht lange, sondern ziehe mein Kleid nach unten und lasse ihn daraufhin ohne Kommentar zurück. Ich will noch nicht mal die Party verlassen, es ist mir vollkommen egal, ob ich weiterhin hierbleibe oder in der Einsamkeit meiner Wohnung versinke, so rasend bin ich vor Wut.

Elf

Dario

Catanzaro also. Wäre ich nicht aus diesem scheußlichen Grund hier, könnte mir dieser Ort sogar gefallen. Seit zwei Stunden schon harre ich vor dem Hotel Excelsior aus und observiere das Gelände. Erstaunlich, wie viel man in Erfahrung bringt, wenn man nur zuhört und beobachtet. Die Welt ist ein Dorf und die Leute sind unachtsam und plappern.

Am Parkplatz stehen Ferraris, Maseratis und Jaguare. Kein Wunder, denn es ist das beste Hotel in der Gegend.

Basile und seine Leute sollten jeden Augenblick auftauchen. Rechtzeitig vor ihrer Ankunft laufe ich ins Hotel und stelle mich vorerst an den Stehtisch, der sich gleich neben der Bar befindet. Ich nehme jeden Winkel, jeden Fluchtweg in Augenschein und präge mir die Möglichkeiten genauestens ein. Ich sehe einen schmächtigen Portier, der bei einer Flucht keine Gefahr darstellen sollte. Direkt neben der langsamen Drehtür gibt es einen Notausgang. Ein Marmorboden, der bei einer schnellen Flucht rutschig sein könnte. Ein Feuerlöscher, der zur Not als Waffe dient, hängt an der Wand gleich rechts neben der Holztür. Die lang gezogene, breite Treppe ist fünfzehn Meter entfernt und zur Rezeption sind es nur zwanzig Meter. Ich beobachte, wie ein dürrer Typ an der Rezeption eincheckt. Als ich den Blick zur Hotelbar schwenke, inspiziere ich den Barkeeper. Er wirkt jungenhaft, selbst in seinem schwarzen Smoking, wie er die Gläser in die Vitrine sortiert. Ein Pärchen sitzt ihm gegenüber und unterhält sich ausgelassen, sie Anfang zwanzig, er Ende sechzig. Ich schnaube innerlich, denn ich bin mir sicher, dass es sich hierbei nicht um die wahre Liebe handelt.

Nachdem ich alles gescannt habe, stelle ich mich an den Tresen und erkenne sogleich den Hintereingang, der sich am anderen Ende der Lobby befindet.

Ich winke dem Barmann zu und bitte um ein Glas Ron Zacapa. Während ich auf den Drink warte, nehme ich die junge Frau genauer in Augenschein, dabei fällt mir auf, dass sich unter ihrem Kleid eine kleine Pistole abzeichnet. Doch keine harmlose Schnepfe, die sich an einen älteren Mann mit Geld ranschmeißt. Offenbar ist dieser Ort gefährlicher, als ich angenommen hatte.

Nach ein paar Minuten betreten Basile und seine drei Lakaien durch den Hintereingang das Hotel. Von wegen, „Er genehmigt sich mit seinen Freunden ein paar Getränke." Die Typen sind seine Personenschützer. Zwei marschieren vor ihm her und einer hinter ihm. Er hat tatsächlich einen Gehstock bei sich und hinkt. Der Alte hatte die Wahrheit erzählt.

»Mittlere Größe«, murmle ich leise. Vielleicht für einen Italiener, auf mich wirkt Basile wie ein Zwerg. Aber die Körpergröße sagt nichts aus, die Erfahrung musste ich bereits machen. Seine drei Gefolgsleute sind alle groß und kräftig, so wie man sich einen klassischen Türsteher vorstellen würde. Sie marschieren schnurstracks zur Treppe, ohne sich umzusehen oder der Rezeption ein Zeichen zu geben, so als gehöre ihnen das Hotel. Die separate Bar, von der Antonio sprach, befindet sich offensichtlich im ersten Stock.

Nun liegt es daran, keine Zeit zu verlieren. Dem Barkeeper gebe ich ein Zeichen, dass er die ganze Flasche auf meine Rechnung setzen soll, schnappe sie mir und marschiere in Richtung Stufen. Mir entgeht nicht, dass mich die Augenpaare des ungleichen Paares ins Visier nehmen.

Auf dem Weg nach oben gieße ich den exzellenten Rum zur Hälfte in einen Fiskus und schütte das vorbereitete Betäubungsmittel in die Flasche. Was für eine Verschwendung. Es gibt nur wenige Dinge, die ich zu schätzen weiß. Ein ausgewähltes Tröpfchen Alkohol gehört definitiv dazu. Nichtsdestotrotz bin ich kein Fan von roher Gewalt, wenn man potenzielle Gegner ebenso friedlich wegschlummern lassen kann.

Oben angekommen, klopfe ich an die Tür, durch die sie eben verschwunden sind. Selbst wenn ich schon viel erlebt habe, merke ich, wie sich mein Puls beschleunigt.

In den Sekunden, in denen ich warte, denke ich plötzlich an Mia. Wenn ich das hier vermassle, sieht sie mich nie wieder und ist auf sich allein gestellt. Shit, sie weiß nicht einmal, dass ich hier bin, und was ich hier aufs Spiel setze. Sollte ich versagen, wird sie denken, ich hätte mich kommentarlos aus ihrem Leben geschlichen. Sie wird sich ihre eigene Story daraus spinnen. Shit. So schwer es mir auch fällt, Mia wird die Wahrheit erfahren. Sobald ich ihr unter die Augen trete, werde ich ihr jedes noch so grässliche Detail beichten. Das schulde ich ihr.

Plötzlich öffnet ein Bodyguard die Tür und reißt mich aus meinen Gedanken. Mit finsterer Miene beäugt er mich misstrauisch und schnauzt mich an, was zur Hölle ich hier treibe. Die Tür steht offen, sodass mich auch Basile sieht. Ich nicke ihm zu und hebe die Flasche Rum an. »Ich will nur reden«, rufe ich mit tiefer Stimme in den Raum.

Basile zögert nicht lange und gibt seinem Aufpasser ein Zeichen. Das war klar. Der massige Typ kommt auf mich zu, legt seine dreckigen Finger an meine Beine und filzt mich. Erst nach der Tortur geben sich die beiden erneut ein Zeichen, und Basile deutet auf den Stuhl, der direkt vor ihm platziert ist. Ich nehme seine Geste an und setze mich. Beinahe wäre mir der Barkeeper an der separaten Bar hier oben entgangen, er gehört nicht zu seinen Leuten. Er wirkt keineswegs bedrohlich.

»Was kann ich für Sie tun, Herr …?«, fragt er mit rauchiger Stimme und wirft beide Arme unwissend in die Luft.

»Bogdan. Sie sind auf der Suche nach guten Männern. Das erzählt man sich jedenfalls. Nun, hier bin ich.« Herausfordernd blicke ich in sein braungebranntes Gesicht mit den unzähligen Muttermalen darauf, dabei verberge ich meine Anspannung. Immerhin wurde ich auf solche Situationen trainiert und weiß mein Gegenüber zu täuschen.

»Kommt darauf an«, erwidert er und macht eine bedeutsame Pause. »Welche Fähigkeiten bringen Sie mit?«

»Ich bin Pilot«, erkläre ich, dabei sehe ich ihn geradewegs an.

»Cosa vuole idiota?« Der Typ zu meiner linken lacht laut auf.

»Außerdem spreche ich Italienisch.« Mit einem gespielten Grinsen wende ich mich diesem hirnlosen Idioten zu.

Für wenige Sekunden herrscht Stille, bis Basile das Wort ergreift. »So, Pilot. Und wie kommen Sie darauf, dass wir Ihnen einen Job anbieten?«, hakt er nach, während er mit der Hand durch sein graues, schütteres Haar streift.

»Ich habe ein Type Rating für die Falcon 900, und Sie besitzen eine. Ich fliege seit vielen Jahren rund um den Globus und habe mein Handwerk am Militärhubschrauber gelernt. Außerdem soll Ihr Chef Mitarbeiter, die einen Hang zur Verschwiegenheit haben, ganz gut bezahlen.«

Nun gehe ich bis zum Äußersten und deute dem Barkeeper an, uns fünf Gläser zu bringen. Sein Blick schnellt prüfend zu Basile rüber, der sofort nickt, allerdings auf vier korrigiert. Das passt mir gut, schließlich soll er mir Informationen liefern, betäubt würde er mir nichts bringen.

Während der Barmann die Gläser am Tisch vor uns abstellt, kratzt sich Basile am Kinn und macht den Eindruck, ernsthaft nachzudenken. »So. Da haben Sie richtig gehört. Einer unserer Angestellten hat uns erst letzte Woche verlassen. Vielleicht kommen wir ins Geschäft.«

Mir rutscht das Herz in die Hose, das Adrenalin schießt durch meine Adern, als ich realisiere, dass der Bodyguard zu meiner linken kein Glas bekommt. Verflucht, jetzt heißt es, zu improvisieren. Mein Blick bleibt eine Millisekunde zu lange am Glas hängen, sodass Basile mich durchschaut.

»Das braucht Sie nicht zu wundern, Victor trinkt nicht. Niemals.« Seine Fratze verzieht sich zu einem schelmischen Grinsen.

»Zu schade«, antworte ich gelassen und fülle die Gläser. Danach erhebe ich meines und proste ihm zu. Basile darf keinen Schluck nehmen, sonst ist er für ein paar Stunden außer Gefecht, und ich muss mit Victor vorliebnehmen. Victor. Wieso muss gerade dieser Penner Antialkoholiker sein?

Als die zwei Typen rechts von mir zum Trinken ansetzen, lenke ich Basile ab. »Also, glauben Sie, dass ich für Sie infrage komme?« Die beiden nehmen einen kräftigen Schluck, der genügt, um sie für eine Zeit auszuschalten. Dann setzt auch Basile das Glas an, hält allerdings inne.

»Normalerweise habe ich freie Hand bei der Auswahl des Personals. Ich würde vorschlagen, Sie kommen morgen zu uns in die Villa und wir -«, unterbricht er den Satz, als ihm auffällt, dass die beiden Männer zu seiner linken die Augen verdrehen und ihre Köpfe Richtung Tisch wandern.

Jetzt oder nie. Mit voller Wucht schleudere ich Basile mein Glas an den Kopf, sodass er rückwärts von seinem Sessel kippt. Ich will ihn nicht ausschalten, er soll nur für den Moment, den ich für Victor brauche, beschäftigt sein.

Victor lässt nicht lange auf sich warten, springt auf und wirft dabei mit einem Satz den ganzen Tisch um. Shit, unter Umständen brauche ich für ihn doch etwas länger. Er überragt mich glatt um einen Kopf, das könnte aufgrund seiner Reichweite schwierig werden. Bei dem ersten Versuch, auszuholen, merke ich, dass sich der Typ schon zu lange darauf verlässt, nur aufgrund seines Äußeren die Gegner einzuschüchtern. Völlig unkontrollierte Schläge wandern auf mich zu, die zwar kraftvoll sind, aber ihr Ziel verfehlen. Einen beherzten Schlag gegen seinen Kehlkopf, und einen Hebel später liegt er flach auf dem Boden. Die Flasche Ron Zacapa, die ich an seinem Kopf zerschellen lasse, erledigt den Rest.

Weiter zu Basile, der sich gerade aufrichtet und nach seinem Gehstock greift. Ich warte den ersten Schlag nicht erst ab, sondern heble den Stock aus seinen Händen, breche ihm die Nase und trete von der Seite gegen das verletzte Knie. Mit einem lauten Schrei fällt er nieder. Als ich ihn nach Waffen durchsuche, registriere ich, dass der schmächtige Barkeeper wortlos hinter mir steht. Ich baue mich vor ihm auf. »Ernsthaft?«, frage ich ihn ungläubig. Woraufhin er zur Tür rennt und das Weite sucht.

Selbst wenn er die anderen alarmiert, er ist ein unschuldiger Zivilist, und deshalb lasse ich ihn laufen. Als ich ihn die Treppe hinunterstürzen höre, schließe ich die Tür, drehe den Schlüssel herum und klemme einen Stuhl unter die Klinke. Anschießend wende ich mich dem am Boden windenden Basile zu.

»Arschloch, wer bist du? Und was willst du?«, donnert er mir entgegen.

Ich habe keine Zeit zu verlieren, der Barkeeper wird singen. Ich muss die Hinweise aus Basile herauskitzeln.

»Du kennst mich vielleicht unter dem Namen Sjena. Du bist ein Profi, ich bin ein Profi. Und wie wir beide wissen, bleibt uns keine Zeit. Entweder du sagst mir schnell, was ich wissen will, oder das hier ist dein Ende. Also, wo ist die kleine Giulia?«

Basile verzieht das Gesicht zu einer bösartigen Fratze und lacht laut auf. »Die Tochter der Schlampe Daniella? Die Kleine ist in der Villa vom Boss in Favarotta. Aber diese Information bringt dir einen Scheißdreck, da kommst du nicht an sie ran.«

Es versetzt mir einen Faustschlag in den Magen, wie der Typ über Daniella spricht. Ich kannte sie. Sie war eine von den Guten, hatte sich nur auf die falschen Leute eingelassen.

»Lass das meine Sorge sein. Wie viele Wachen?«, frage ich barsch und höre unterdessen polternde Schritte die Stufen nach oben trampeln. Seine Antwort ist keineswegs befriedigend.

»Weißt du, Daniella war richtig gut. Ich habe sie jeden Tag gevögelt. Selbst an dem Tag, an dem ich sie erstochen habe!«

Mein Blut gefriert, und ein unsagbarer Hass schlängelt sich durch meine Blutbahn. Widerling. Deshalb hatte ich mich vor all den Jahren auch für diesen Job entschieden, um die Bösen auszulöschen.

Mit einem Mal wirft sich jemand gegen die Tür. Zum Glück ist es eine massive Holztür, die wird vorerst standhalten. Schnell wäge ich meine Optionen ab, daraufhin gehe ich zum Fenster, unterdessen brüllt mir Basile mit schmerzverzerrter, aber kraftvoller Stimme hinterher. »So, jetzt weiß ich, wen du suchst. Wir erwarten dich, Arschloch!«

Er hat recht. Er weiß, wonach ich suche. Er und seine Leute werden mir den Arsch aufreißen. Er lässt mir keine andere Wahl. Ich schnappe mir den Gehstock, den er beim Kampf vorhin hat fallen lassen. Als ich den silbernen Verschluss am unteren Ende öffne, kommt tatsächlich eine blitzende, scharfe Klinge zum Vorschein. Wenn ich die kleine Giulia lebend aus der Sache bringen will, dann bleibt mir keine andere Wahl. Ich entscheide mich für den Tod eines Verbrechers, der mehrere Morde begangen und zahlreiche Unschuldige gequält hat, um das Leben der Kleinen zu schützen.

Stück für Stück nähere ich mich Basile und blicke ein letztes Mal in seine würdelosen Iriden, bevor ich ihm mit der Klinge die Kehle durchtrenne. Mein Körper bebt, meine Hände zittern, als ich den Stock sinken lasse und auf den leblosen Körper blicke.

Schnell verdränge ich den Hass und die Angst, der Kleinen könnte doch was zugestoßen sein und greife in Victors Jacke. Ich ziehe einen Audi Schlüssel aus der Innentasche und für alle Fälle nehme ich die Walther, die an seinem Gürtel befestigt ist, an mich. Mir bleiben nur noch wenige Sekunden, die die Tür standhält. Deshalb sprinte ich zum Fenster, wage den Sprung und da ich mich im ersten Stock befinde, dürfte der Aufschlag nicht allzu schmerzhaft ausfallen.

Die Landung fällt weicher aus, als ich sie erwartet hatte. Der Wiesenboden unter mir sorgt für einen einigermaßen sanften Aufprall. Nachdem ich wieder Boden unter den Füßen spüre, stechen mir zwei schwarze Audi A8 ins Auge. Doch als ich die Fernbedienung betätige, bestätigt sich meine Befürchtung. Ich habe mir den Schlüssel vom zweiten Wagen geschnappt, der vom anderen Audi blockiert wird. Verdammt. Beide Fahrzeuge sind gepanzert, verfügen allerdings über genügend Pferdestärken, weshalb es kein Problem ist, daran vorbeizukommen.

Der Blechschaden hält sich in Grenzen und ich lasse den Wagen nach drei Straßen stehen. Immerhin sind diese Fahrzeuge mit einem ausgeklügelten

GPS-Tracker ausgestattet, deshalb muss ich mir einen anderen Wagen suchen.

Schon an der nächsten Straßenecke entdecke ich einen alten, beigen Fiat 500, den ich in nur wenigen Sekunden starte. Der Fiat ist das ideale Fluchtauto, weil er mir dabei hilft, nicht aufzufallen.

Rechtzeitig schaffe ich es auf die Landstraße Richtung Hafen. Während ich das Gaspedal komplett durchdrücke, sehe ich immer wieder in den Rückspiegel, um sicherzugehen, dass mir niemand folgt. Erleichtert stoße ich die angestaute Atemluft zwischen meinen Zähen hindurch. Im Spiegel ist nichts zu sehen, die Straße ist fast unbefahren. Die Mission ist gelungen, zumindest beinahe.

Ich habe Basiles Tod nicht geplant, doch er verschafft mir Zeit, mein weiteres Vorgehen zu planen und Giulia zu retten. Doch zuerst muss ich gegen alle Regeln verstoßen und Mia einweihen. Ich werde ihr alles, ohne jegliche Umschweife, erzählen. Auch, wenn ich damit riskiere, dass sie mich zum Teufel jagt und mich für den Rest ihres Lebens hasst.

Zwölf

Neuer Tag, neues Glück? Wer's glaubt! Ich bin heilfroh, diesen miserablen Tag hinter mir zu lassen und sehne mich danach, mich unter die Bettdecke zu verkriechen und sinnlose Fernsehserien anzusehen. Nein, ich stopfe mir dabei keinen unnötigen Süßkram in den Mund, weil ich das Zeug einfach nicht runterkriege. Zugegebenermaßen bin ich selig, wenn ich einmal am Tag eine halbwegs vernünftige Mahlzeit esse.

Bin ich ein Pessimist? Bei Gott nicht! Trotzdem setzt mir das Leben derzeit zu, und dort oben scheint mich jemand mächtig auf dem Kieker zu haben. Ich spreche nicht von Paul, das alleine würde ohnehin schon genügen. Nein, die Kollegen sind zum größten Teil abscheulich, mein Chef traut mir die neue Position nicht zu, weil ich psychisch instabil sei. Genau so nannte er es beim heutigen Meeting. Und als würde das noch nicht ausreichen, betrügt meine beste Freundin ihren Freund und das sogenannte Sahnehäubchen – sie treibt es mit einem seiner besten Freunde, der, wer hätte das gedacht, wiederum einer meiner Freunde ist. Kompliziert? Willkommen in meiner Welt. Und wir sind noch nicht mal bei Dario, der mich benutzt und, ohne mit der Wimper zu zucken, nach einem Quickie stehen lässt.

Ich bin wutentbrannt auf alles um mich herum und auf mich selbst, weil ich zu dämlich bin. Warum? Weil ich mich in ihn verlieben musste.

Am ersten Abend nach der Beerdigung, als er sich weigerte, zu verschwinden, schlich er sich in mein Herz. Es gefiel mir, wie er sich um mich kümmerte. Sehr sogar. Ich fühlte mich beschützt, aufgehoben und umsorgt. Nicht zuletzt, weil ich das vermutlich dringend brauchte. In seiner Nähe war ich vollkommen. Ich habe Paul sehr geliebt. Doch habe ich mich vielleicht auch davor schon zu Dario hingezogen gefühlt? War es deshalb immer so seltsam zwischen uns?

Es fällt mir nicht leicht, mir einzugestehen, wie sehr ich ihn brauche. Wie sehr ich seine Gesellschaft genieße, und wie ich unter seinen Berührungen zerfließe. Mit welcher Hingabe ich mich ihm öffne.

Weiß ich, woran ich bin? Nein, verflixt. Wird er mir das Herz brechen? Vermutlich ist das schon geschehen. Er ist meine Freikarte, um den Männern für immer abzuschwören.

»Dir geht's nicht besonders.«

Dario. Ich blicke auf die Schwingtür zurück, weil hier auf den Straßen einiges los ist, kann aber nicht sofort ausmachen, von wo seine Stimme zu mir dringt.

»Wann war das zuletzt der Fall?«, frage ich sanft, weil ich nicht die Kraft aufbringe, ihm etwas vorzuwerfen, dabei entdecke ich ihn, wie er lässig an der Hausmauer lehnt. Doch der erste Eindruck trügt, denn als ich ihn eingehend mustere, fallen mir seine müden Augen auf. Das Blau ist verschwunden und hat sich in ein kaltes, verschleiertes Grau verwandelt. Ich glaube, Reue in ihnen aufblitzen zu sehen, und in meinem Magen breitet sich ein Ziehen aus, welches mir eine furchteinflößende Vorahnung beschert. Augenblicklich braut sich in meinem Inneren eine unbegreifliche Ahnung zusammen. Er verbirgt Bedeutsames. Irgendetwas, was mich um den Verstand bringen wird. Ein entsetzliches Kältegefühl jagt durch mich hindurch, dieses kenne ich zu gut, und ich wollte es niemals wieder spüren.

»Lass uns reden«, sagt er und stößt sich mit dem Fuß von der Hausmauer ab.

Ich bin total geschafft. Zuerst die Party, auf der ich eindeutig zu lange war, nachdem Dario abgehauen ist. Dann der kurze Sonntag, an dem ich kaum Schlaf fand. Heute das Gespräch mit meinem Boss, der mich für ein psychisches Wrack hält und jetzt das. Ist doch der richtige Augenblick für ein klärendes Gespräch, nicht wahr?

»Hier?«, frage ich und gestikuliere überrascht, denn ich habe keinen Schimmer, was er mir gleich sagen wird oder wie lange das Gespräch dauern soll. Sekunden? Minuten? Warum erledigen wir es nicht gleich hier? Vermutlich macht es keinen großen Unterschied, außer, dass ich hier draußen nicht vollkommen zusammenbrechen werde, weil ich das letzte Stückchen Würde behalten will. Zumindest hier vor dem Bürogebäude, es könnte jederzeit einer meiner Kollegen auftauchen.

Er schüttelt den Kopf, und erst als er mit dem Schlüssel in Richtung Wagen zeigt, bemerke ich, dass dieser direkt vor dem Eingang hält. Diesmal ist es ein schwarzer Range Rover. Ich hätte ihn sowieso nicht erkannt, weil er fast jedes Mal mit einem anderen Fahrzeug ankommt. Achselzuckend folge ich ihm. Schließlich will ich es schnell hinter mich bringen. Ich brauche Klarheit, meine verflixte Bettdecke und diese Serien.

Als er mir die Tür aufhält und sich unsere Arme zufällig berühren, gehe ich in Flammen auf. Das Brennen hält eine Weile an, und ich fühle mich ertappt, als er mich dabei erwischt, wie ich auf die Stelle an meiner Hand starre. Ich tue, als hätte ich es nicht bemerkt und steige in den Wagen.

»Wir können auch hier sprechen, du musst mich nirgends hinbringen«, erkläre ich genervt, als er den Motor anlässt.

»Bei dem, was ich dir gleich sagen werde, ist das keine gute Idee«, verkündet er, während er den Wagen aus der Parklücke lenkt.

Wenn ich mich vorhin unwohl gefühlt habe und eine unangenehme Vorahnung hatte, dann neigt sich das jetzt einem Höhepunkt zu. Ich drohe, auszurasten. Das Kribbeln wird zu unangenehmen Messerstichen, und es gelingt mir nur mühsam, ruhig neben ihm zu sitzen. Wäre das hier ein Actionfilm, würde ich die Tür während der Fahrt aufreißen und rausspringen. Doch das hier, auch wenn es sich in den letzten Wochen so anfühlt, ist kein Film. Weder eine Romanze noch ein Drama. Das ist mein Leben, welches ich mir anders ausgemalt hatte.

»Wohin bringst du mich?«, frage ich mit bebender Stimme. Er zögert und sieht geradeaus. Ich fixiere ihn, beobachte, wie sich sein Kiefer anspannt. Herrgott, ich will doch nur wissen, wohin wir fahren. Die

Angst in mir wird von der aufkommenden Wut übertrumpft.

»Sag es mir sofort«, blaffe ich, dabei ergreife ich den Türöffner und recke ihm drohend mein Kinn entgegen.

Warum auch immer, für eine Millisekunde huscht Belustigung über seine Mundwinkel. Das reicht aus, um meinen Verstand auszuschalten, und ich betätige den Türöffner. Gleichzeitig schnalle ich mich ab, um den Sprung aus dem Fahrzeug zu riskieren. Ich habe keinerlei Übung in solchen akrobatischen Dingen, und ich weiß, dass ich mich auf dünnem Eis bewege und das alles nicht unversehrt überstehen werde. Doch das ist mir egal. Wir befahren keine Schnellstraße, sondern eine Tempo-30-Zone in der Innenstadt. Ich werde dabei nicht umkommen.

Vermutlich habe ich den Türgriff nicht fest genug betätigt, denn die Fahrzeugtür bleibt weiterhin geschlossen. Verflixt. Ich versuche es ein weiteres Mal. Und erneut geht sie nicht auf. Ein letzter Versuch, dabei lege ich die zweite Hand an. Wieder nichts.

»Bist du vollkommen verrückt geworden, du kannst mich hier nicht festhalten«, tobe ich.

»Du wolltest aus einem fahrenden Wagen springen, nimm das Wort ›verrückt‹ nicht in den Mund. Wir sind in wenigen Minuten da.« Er beachtet mich nicht, als er das sagt und starrt stattdessen aus dem Fenster, was mich ungemein ärgert.

Letzten Endes gebe ich auf und lasse mich schwer atmend in den Sitz fallen. Es ist zwecklos, mich dagegen zu wehren. Schließlich bin ich hier gefangen.

Nach einer Weile breche ich das Schweigen, als mir die Ortschaft, in die wir einbiegen, bekannt vorkommt. »Du machst einen solchen Zirkus und bringst mich zu Finn?«, stelle ich überrascht fest.

»Du wirst jemanden brauchen, der für dich da ist«, sagt er sanft und wendet sich mir endlich zu. Es tut unsagbar gut, in sein bildschönes Gesicht zu sehen, selbst in diesen ernsten Ausdruck, der mir eine Höllenangst einjagt. Ich atme hörbar aus und verschränke meine Arme vor der Brust. Kurz überlege ich, etwas zu erwidern, doch ich entschließe mich, zu resignieren.

Nach wenigen Minuten fährt Dario die Auffahrt hoch und hält unter dem Carport. Im selben Moment schwingt die Eingangstür auf und Finn steht mit ernster Miene im Türrahmen. Er wusste, dass wir kommen.

Dario ist schon längst ausgestiegen, als ich noch kurz zögere. Will ich denn wissen, was vorgefallen ist oder welches Geheimnis die zwei hüten? Finn scheint eingeweiht zu sein. Warum sollte er mich sonst hierherbringen?

Da ich die besorgten Augenpaare, die ins Wageninnere spähen, nicht mehr ertrage, hieve ich mich hoch und schlage die Tür hinter mir zu. Ich ignoriere Dario und laufe auf Finn zu. Obwohl ich es nicht will, erzittere ich in Finns Armen, als er mich zur Begrüßung an sich drückt.

»Wie fatal ist es?«, murmle ich an seiner Schulter.

»Komm rein«, flüstert er zurück und haucht einen Kuss auf mein Haar. Ich koste seine Geste aus, denn sie fühlt sich erstaunlich wohltuend an. Ich schließe Finn von Mal zu Mal ein Stück mehr in mein Herz.

»Muss ich mich setzen, oder werden wir hier gleich durch sein?«, wende ich mich fragend in ihre Richtung, als ich im Wohnzimmer stehe. Normalerweise stapfe ich nicht geradewegs in Straßenschuhen in fremde Häuser hinein, jedoch lässt mich das Gefühl nicht los, ich würde gleich nach draußen rennen und die Flucht ergreifen wollen.

Sie werfen sich gegenseitig Blicke zu und vielleicht bilde ich mir das alles ein, doch ich glaube, einen leichten Schweißfilm auf Darios Stirn zu erkennen. Das jagt mir noch mehr Angst ein, als ich ohnehin verspüre. Die Traglast des Ganzen wird mir mit jeder Minute klarer. Ich werde das Gefühl nicht los, als verstünden sie sich ohne Worte.

»Wollt ihr mich denn komplett um den Verstand bringen«, donnere ich ihnen entgegen, weil sie sich immer noch schweigend fixieren und mich im Ungewissen lassen.

Finns Blick wird eindringlicher, doch Dario steht weiterhin wortlos vor uns.

»Fuck«, stößt Dario aus, fährt sich mit beiden Händen durchs Haar und sieht dabei mehr als nur verzweifelt aus. »Setz dich bitte.« Er nickt zur Couch.

Ich möchte endlich wissen, weshalb sie hier so ein Theater veranstalten, deshalb folge ich seiner Bitte und setze mich widerstandslos.

»Werdet ihr euch wieder prügeln?«, ziehe ich sie auf, obwohl mir nicht danach ist. Ich kann es nicht erklären, aber mein Verstand gaukelt mir was vor. Doch die zwei lassen sich von meiner lockeren Art nicht beirren und wahren ihren ernsten Ausdruck, was mich unverzüglich zurückwirft.

Darauf lässt sich Dario neben mir nieder und der Moment scheint stillzustehen, als wir einander ansehen. Die unendliche Qual in seinen Augen zerreißt meine Seele, und es ist, als löse sich jeder schöne Moment meines Lebens auf. Bilder, die durch die Lüfte schweben und verblassen, so als wären sie nie da gewesen.

Während sich Finn mit verschränkten Armen im Hintergrund hält, dringt Darios Stimme zu mir vor, ganz sachte, so, als wäre er meterweit entfernt.

»Paul hat eine fünfjährige Tochter.« Er macht eine Pause, sieht kurz zu Finn, ehe er weiterspricht. »Er war kein Fluglotse.« Wieder wartet er ab und prüft meine Reaktion. Doch da kommt nichts, und ich bin mir nicht sicher, ob mich die zwei auf den Arm nehmen und sich einen verflixten Scherz erlauben. »Er war für den österreichischen Geheimdienst tätig«, erklärt er ruhig, die Unsicherheit von vorhin ist wie weggeblasen. Er wirkt abgebrüht.

Ich lache, denn das ist absurd. Paul war Fluglotse, ich war am Tower, ich kenne seine Arbeitskollegen.

»Mia, das hier ist kein Witz«, wirft Finn von der Seite ein.

Im Schneckentempo wende ich mich in seine Richtung, nur um das Zeichen eines Grinsens zu entdecken. Doch stattdessen mache ich eine finstere Miene aus. Ich erinnere mich nicht daran, Finn jemals so verbissen erlebt zu haben.

»Klar, war es das oder kommt da mehr?« Ich lächle unsicher, weil sie mir einen vollkommenen Schwachsinn erzählen.

Inzwischen hat Dario sein Gesicht in seinen Hände vergraben und stützt seine Ellbogen auf seinen Knien ab. Er sieht beschissen aus.

»Shit,« flucht er rau, schüttelt sich kurz, ehe er fortfährt. »Er war ein Agent.« Er schluckt hart und macht erneut eine Pause. Er legt einen bedeutungsschwangeren Blick auf mich, doch für mich fühlt sich das weiterhin komplett unecht an. Als träumte ich oder als erzähle mir jemand eine fiktive Geschichte. Ich glaube ihm nicht. Das kann einfach nicht wahr sein.

»Finn arbeitet ebenfalls für den österreichischen Geheimdienst. Ihm hat man allerdings die Lizenz für die Einsätze entzogen, weil er ständig an der Flasche hängt. Er ist im Innendienst und sortiert Akten.«

Prüfend beäuge ich Finn, der genervt die Augen verdreht, dennoch keine Einwände vorbringt. Langsam kommt das Gefühl hoch, dass es den beiden ernst ist.

»Und du bist?«, krächze ich und schicke Stoßgebete in den Himmel, damit »er« mich ausnahmsweise verschont.

»Ich arbeite für den kroatischen Geheimdienst«, sagt er mit weicher Stimme, als wäre es ein Job wie jeder andere.

Meine Augen weiten sich auf eine unnatürliche Größe, als ich langsam, aber sicher begreife, dass sie es ehrlich meinen. Ich versuche, etwas zu erwidern, doch als ich meinen Mund öffne, kommen keine Worte über meine Lippen. Resigniert schließe ich ihn wieder und sehe ihn flehend an.

»Wir kennen uns seit der Ausbildung. Der kroatische und österreichische Geheimdienst arbeiten länderübergreifend, für gewöhnlich zumindest. Ich lebe in Österreich, deshalb absolvierte ich den Hauptteil des Trainings mit Paul und Finn gemeinsam. So haben wir drei uns kennengelernt«, erklärt er und lässt mich keinen Moment aus den Augen. Seine tiefe Stimme dringt zu mir vor, doch etwas hindert mich noch immer daran, ihm zu glauben. Es ist schlichtweg befremdlich.

»Hast du Fragen?« Finn rückt ein Stück näher an uns heran und mustert mich eingehend.

»Warum hat Paul nichts erzählt? Also, wenn er Agent war, dann hätte ich das doch wissen müssen?«, rebelliere ich kleinlaut. Wenn das die Wahrheit ist, dann hat mich Paul über Jahre hinweg belogen. Bitte lass das nicht wahr sein.

»Das ist der springende Punkt. Das ist geheim. Selbst die eigenen Eltern dürfen es nicht erfahren. Keiner bis auf die Ehefrau«, lässt mich Finn wissen.

»Ich war bei ihm am Tower«, werfe ich ein, dabei überschlägt sich meine Stimme.

»Alles Tarnung. Er war darauf geschult, eine andere Identität anzunehmen. Paul war aufs Lotsen trainiert und ich kann tatsächlich Flugzeuge fliegen. Das gehört zur Ausbildung und hält uns am Leben.«

Ich höre, was er sagt, doch meine Gedanken schwirren planlos in meinem Kopf herum. Was hat das alles zu bedeuten und weshalb erzählen sie mir das, wenn sie in Wirklichkeit nicht darüber sprechen dürfen? Eine Tochter. Gott, ich erschauere. Er hat eine Tochter, von der er mir nie erzählt hatte. Mein Magen zieht sich enttäuscht zusammen und droht, zu rebellieren. Unsere Beziehung basierte auf einem Nährboden aus Lügen. Tränen sammeln sich in meinen Augen und kullern unkontrolliert über meine Wangen.

»Das ist nicht alles«, höre ich Finn sagen. Er klingt stumpf, so, als wäre er in einem anderen Raum und nicht direkt neben mir. Das liegt vermutlich daran, dass ein Schwindelgefühl eingesetzt hat, und ich mich nur schwer auf seine Worte konzentrieren kann.

Ich nehme mich zusammen, wische meine Tränen weg und starre Dario abwartend an.

»Paul wurde von der italienischen Mafia erpresst und in einen Fall verstrickt. Der österreichische Geheimdienst wusste nicht Bescheid. Es ging darum, seine Tochter aus den Fängen der Mafia zu holen. Er widersetzte sich den Anordnungen seines Vorgesetzten und handelte im Alleingang.« Dario hält kurz inne, wendet sich ab und senkt den Kopf, ehe er weiterspricht. »Ich hatte den Auftrag, den Drahtzieher der Mafia zu töten. Dabei wurde uns eine Falle gestellt und anstatt des Hintermannes …« Er stockt. »Ich habe Paul ermordet. Ich ahnte nicht, dass er sich hinter der Maske verbirgt«, beichtet er schließlich mit gesenkter Miene.

Regungslos sitze ich, in mich zusammengesunken, da. Tonlos. Emotionslos. Gebrochen. Seine Erklärung hallt in mir wider und ergibt doch keinen Sinn. Paul wurde doch nicht ermordet. Er hatte niemals ein Sterbenswörtchen von seiner Tochter erwähnt. Das passt nicht zusammen. Wir führten eine ehrliche Beziehung. Paul ist bei einem Verkehrsunfall ums Leben gekommen, die Polizei hat mir diese Nachricht übermittelt.

»Mia«, setzt Dario mit bebender Stimme an.

Inzwischen hat sich Finn vor meine Beine gekniet und hält meine regungslosen, kalten Hände fest. Jederzeit bereit, mich in eine Umarmung zu ziehen. Doch ich will nicht in seine Arme fallen, ich will das nicht begreifen. Das kann nicht wahr sein. Es ist absurd, so was passiert doch nur in Filmen.

»Lass uns alleine«, flüstert Finn in Darios Richtung. Kurz zögert dieser, doch aus dem Augenwinkel erkenne ich, wie er sich schleppend erhebt und uns betrachtet.

»Es gibt keine Entschuldigung dafür. Doch du sollst wissen, dass ich jeden Tag, jede Minute, jede Sekunde an meiner Tat zerbreche. Ich habe ihn geliebt.«

»Verschwinde. Siehst du denn nicht, dass sie unter Schock steht«, brüllt Finn.

Ich nehme den Schlagabtausch nur am Rande wahr, denn für mich ist das hier ein mieser B-Movie, in den ich auf irgendeine Weise geraten bin.

Ein stechender Kopfschmerz lässt meine Lider aufschlagen. Die dunkelblauen Vorhänge, auf die ich starre, kommen mir so gar nicht bekannt vor. Ich neige meinen Kopf weiter nach rechts. Genauso fremd ist der Kleiderschrank, den ich nachdenklich mustere. Das Pochen in meinem Kopf nimmt mit jeder Bewegung zu. Verflixt. Was ist geschehen? Wo bin ich? Als ich meine Beine aus dem Bett schwinge und sie auf dem Fußboden abstelle, scheinen sie auf einem weichen Untergrund zu landen. Unter mir befindet sich ein Parkettboden, doch es fühlt sich so an, als stünde ich auf einer Luftmatratze.

Ein scheußlicher Gedanke kriecht durch mich hindurch. Dario. Ein brennender Stich in meinem Herzen bestätigt mir, dass mich die Erinnerung nicht trügt. Was ist geschehen? Wie bin ich in dieses Schlafzimmer gekommen? Endlich sortieren sich meine Gedanken, sie werden klarer. Ich bin bei Finn.

Mit zitternden Beinen, die mich kaum halten, stolpere ich aus dem Schlafzimmer hinaus, direkt in Finns Arme.

»Du solltest noch nicht aufstehen«, höre ich ihn besorgt sagen. Doch ich verstehe nicht. Weshalb sollte ich nicht aufstehen? »Sch, sch«, flüstert er an meinem Ohr, hebt mich hoch und trägt mich zurück ins Bett.

Weshalb trägt mich Finn in seinem Haus zurück in sein Schlafzimmer? Ich will das nicht, widersetze mich, doch meine Kraft lässt mich vollkommen im Stich.

»Ruh dich aus.«

Mein Freund wurde ermordet. Ich kann mich nicht ausruhen. »Dario hat Paul getötet«, stottere ich.

Ein einfühlsamer Blick, welcher mir allen Trost der Welt schenken soll, legt sich über mich.

»Er wusste es nicht, Mia.«

Er nimmt ihn in Schutz. Finn verteidigt Dario, der unseren Freund getötet hat. Ungläubig schüttle ich den Kopf und stoße seine Hände von mir. Schlage um mich, vergesse mich und lasse all meine Gefühle zu. Ich weiß nicht, wie lange ich um mich donnere, doch Finn erträgt jeden einzelnen meiner Hiebe. Nimmt sie an und verliert keinen Moment seinen fürsorglichen Gesichtsausdruck.

Erst nach einer Weile verliere ich die Kraft, und das rauschende Blut in meinen Adern fließt langsamer. Mein Herzschlag, schwer pochend, lässt nach. Ich begreife. Auf Finn einzuschlagen, bringt mich nicht weiter. Er hat mit der Sache nichts am Hut. Er hat sich nicht in den Mörder seines Freundes verliebt.

»Es tut mir so leid.« Er streift über meine Wange, wischt die Tränen aus meinem Gesicht und zieht mich an sich heran. Anders als vorhin lasse ich es zu und schmiege mich an seine Brust.

»Ich musste dir eine Beruhigungsspritze geben«, sagt er nach einer Weile.

Ich nicke. Das erklärt einiges, deshalb war ich vorhin so verwirrt und konnte mich erst an nichts erinnern. Weshalb er im Besitz eines derartigen starken Medikamentes ist, hinterfrage ich besser nicht.

»Es wird wieder«, beruhigt er mich und wiegt mich in seinen Armen hin und her.

Mein lautes Schluchzen ist Antwort genug, denn ich glaube nicht daran. Paul wird nicht von den Toten auferstehen.

»Vertrau mir, wir finden einen Weg. Einen, der das alles so erträglich wie möglich macht.« Als ich zu ihm aufblinzle, sehe ich, dass er es ernst meint, und ein beruhigendes Lächeln stiehlt sich auf seine Lippen, als er mir übers Haar streicht.

Dreizehn

Dario

Es ist Donnerstag, der Tag Basiles Beisetzung. Ich hätte mehr Zeit gebraucht, um mich auf die Befreiungsaktion vorzubereiten, doch mir blieb nichts anderes übrig, denn wenn ich sie jetzt nicht rette, dann vermutlich nie.

Über einen Freund vom Geheimdienst, Marco, konnte ich mir teures Equipment borgen. Vor allem die Wärmebildkamera leistet gute Dienste bei der Aufklärung. Die Luftbilder der Drohne verschaffen mir einen genauen Überblick vom Anwesen. Außerdem konnte ich einen Kontaktmann, eigentlich eine Kontaktfrau, in der Villa für mich gewinnen. Mafiosi haben genug Feinde, auch wenn sie für sie arbeiten. Sie wird mich zu Giulia führen und mir den Weg aus den Räumlichkeiten weisen.

Die Villa ist imposant, größer als man sie in der Gegend erwarten würde und doch so typisch für diese gezeichnete Landschaft in der Toskana. Eine lange Zypressenallee führt zum Anwesen, das von einer hohen Steinmauer umschlossen ist. Um den Springbrunnen in der Einfahrt parken drei Range Rover. Daneben warten bereits die Fahrer in ihren schwarzen Anzügen und den Sonnenbrillen auf den Nasen auf die Trauergäste. Ich befinde mich etwa achthundert Meter entfernt auf einer kleinen Anhöhe, von der ich einen einwandfreien Überblick bewahre.

Als ich den Plan des Latifundiums erneut durchgehe, erscheint Spinelli mit zwei seiner Leibwächter. Kurz danach folgen ihm zwei Frauen, eine davon ist jung und bildschön, ich tippe auf seine Frau. Die andere ist deutlich älter, aber nicht weniger attraktiv, vermutlich seine Mutter. Begleitet werden sie von einem Bodyguard, der dem Aussehen nach einem Gorilla ähnelt.

Jetzt darf die kleine Giulia nicht auf der Bildfläche erscheinen, denn wenn alles glatt läuft, ist mein Plan simpel. Während fast das ganze Haus ausgeflogen ist, sind die Sicherheitsvorkehrungen auf ein Minimum reduziert. So kann ich die Kleine befreien, ohne sie einer größeren Gefahr auszusetzen.

Weitere drei Männer verlassen die Villa, zwei davon erkenne ich nicht, einer davon ist Victor. Gezeichnet von unserem letzten Aufeinandertreffen, trägt er einen Verband um seinen Kopf.

Dann öffnet sich das Garagentor. Alles läuft nach Plan. Zwei schwarze Ducati fahren vor, und bevor sich der Konvoi in Bewegung setzt, platziere ich mit einem speziellen Gewehr, das ein kaum hörbares Pfeifen beim Anbringen hinterlässt und nicht weiter auffällt, eine Wanze an Spinellis Wagen. Das dient als reine Sicherheitsvorkehrung, denn ich will nicht von einer verfrühten Rückkehr Spinellis überrascht werden. Anschießend checke ich das Magazin meiner Glock und die Wärmebildkamera. Am Bildschirm erkenne ich sechs Personen. Giulia, meine Kontaktfrau und den Butler, also habe ich es mit nur drei Leibwächtern zu tun. Das sollte machbar sein, zumal ich definitiv in keinen Kampf verwickelt werden will. Eindringen, befreien, fliehen. So lautet zumindest der Plan.

Ich schleiche mich von der östlichen Seite, wo das Gelände felsiger und steiler ist, an das Anwesen an. Dort sind die Gegebenheiten, in Deckung zu gehen, einfach besser. Durch Zufall entdecke ich, mit Sträuchern verdeckt, den Ausgang des Fluchttunnels, von dem ich bereits gehört habe. Ich fackle nicht lange und markiere auch diesen mit einem Sender.

Erneut checke ich mit dem Handy das Wärmebild. Unglaublich, was die Technik heutzutage möglich macht. So ein Equipment hätte ich gerne in meiner Ausbildung gehabt. Auf dem Display ist zu sehen, dass sich die Wachen auf der anderen Seite befinden und mich nicht sehen können. Ich nutze den Zeitpunkt und werfe schnell das Seil über die Mauer. Nur wenige Augenblicke später befinde ich mich in Spinellis Garten. Dort warte ich auf das Signal des Kindermädchens, sie sollte jeden Augenblick auf der Terrasse erscheinen. Wenn sie sich an einen ihrer Ohrringe fasst, muss ich noch abwarten, für den Fall, dass sie die Blumen gießt, ist die Luft rein.

Wenige Minuten später erscheint sie mit einer Gießkanne in der Hand. Das ist das Zeichen. Mit gekrümmtem Oberkörper sprinte ich zur seitlichen Terrassentür, die sie einen Spalt weit offen gelassen hat. Soweit läuft alles ohne Probleme, ich befinde mich im Inneren der Villa. Dort halte ich einige Sekunden lang inne und versuche, die Geräusche zuzuordnen. Schritte, abgehackte, rauschende Stimmen aus dem Funkgerät, ein Radio und dumpfe Laute, die nicht in der unmittelbaren Umgebung auszumachen sind. Die Luft ist also rein. Achtsam schleiche ich in den ersten Stock hinauf. Als ich dort ums Eck spähe, mache ich einen Bodyguard aus. Er wirkt nicht besonders konzentriert, sondern gelangweilt, wie er den Gang vor Giulias Zimmer auf und ab trottet. Ihn zu überwältigen, kostet mich keine große Anstrengung. Ich zücke das kleine Blasrohr und feuere einen Betäubungspfeil auf ihn. Als er an sein Schulterblatt fasst, setze ich mich rasch in Bewegung, um seinen massigen Körper aufzufangen. So verhindere ich den Aufprall, um weiterhin unentdeckt zu bleiben.

Nachdem ich einen letzten prüfenden Blick durch den lang gezogenen Flur geworfen habe, klopfe ich leise an Giulias Zimmertür. Nur eine Sekunde verstreicht und Signora Laura, das Kindermädchen, öffnet sie. Erst gestern konnte ich sie für mich gewinnen. Ihre warmen, haselnussbraunen Augen starren mir voller Furcht entgegen. Ihr Brustkorb hebt und senkt sich auf eine rasante, beängstigende Art und Weise. Hastig winkt sie mich mit zitternden Händen herein, wo mich mit großen, überraschten Augen die kleine Giulia betrachtet. Sie sitzt am Boden und zieht die Puppe, mit der sie gerade gespielt hat, näher an sich heran. Mein Puls verlangsamt sich, und für einen kurzen Moment blende ich alles um mich herum aus. Auch, dass ich diese Mission überstehen muss, um die Kleine zu retten. Um Mia wiederzusehen. Um gutzumachen, was ich alles verbockt habe. Ich sehe nur sie. Das entzückende

Mädchen, das den Namen Giulia trägt und Paul verblüffend ähnlich sieht. Auf den Fotos hat es immer so ausgesehen, als würde sie ihrer Mutter ähneln. Ich habe sie nur ein einziges Mal gesehen, da war sie nur wenige Monate alt. Doch um ihre Augenpartie spiegelt sich eindeutig Paul wider. Ihre Lippen, ihr volles, dunkelbraunes Haar hat sie eindeutig von ihrer Mutter.

Niemals zuvor hatte ich mich so hinreißen lassen, wenn ich ein Kind aus den Fängen irgendwelcher Dreckskerle gerettet hatte. Doch bei ihr ist es anders. Ich bin in ihrem Bann gefangen und ihr Anblick erwärmt mein Herz, wie ich es nie für möglich gehalten habe. Shit, lass dieses unschuldige Mädchen leben und gib ihm das Beste, was das Leben bereithält. Giulia hat es verdient. Die Arme musste mit ihren fast sechs Jahren schon mehr mitmachen als andere in ihrem ganzen Leben.

Verdammt, ich muss mich konzentrieren und blinzle die Tränen aus meinen Augen. Zur Hölle, ich kann mich nicht daran erinnern, wann ich das letzte Mal geheult habe.

»Giulia, ich bin Dario, ein Freund deines Vaters. Ich hole dich hier raus und bringe dich in Sicherheit. Versprochen«, flüstere ich ihr zu und blicke dabei in ihre verängstigten Augen.

Zitternd hockt sie weiterhin am Boden und reagiert nicht auf meine Worte.

»Vertrau mir. Bitte«, flehe ich und werfe mich auf die Knie.

Daraufhin verändert sich ihr Ausdruck. Sie blickt zu Laura, die ihr mit einem Nicken bedeutet, dass sie mir vertrauen kann. Ich warte kurz ab, um ihr die nötige Zeit zu geben, bevor ich ihr meine kugelsichere Weste, die ihr viel zu groß ist, überstülpe. Das Mädchen geht darin völlig unter, doch sie dient zur Sicherheit und hält sie im Fall eines Schusses am Leben.

»Mein Geld«, fordert Laura ungeduldig.

»Wenn wir beim Tunnel sind, so lautet der Deal!«, herrsche ich sie an.

Sie nickt zögernd und greift zum Türknauf. In letzter Minute halte ich sie zurück. Bevor wir flüchten, prüfe ich die Position der Wanze, die an Spinellis Wagen angebracht ist und das Wärmebild. Der Range Rover befindet sich bereits über zwanzig Kilometer entfernt, ich erkenne keine Aktivität über die Kamera. Es besteht keine Gefahr, deshalb nehme ich Giulia hoch, gebe Laura ein Zeichen und wir schleichen uns in den Keller.

Wir laufen an einem Lager- und einem Fitnessraum vorbei, direkt auf eine alte Holztür zu. Laut den Bildern soll genau diese in den letzten Raum, bevor wir dann zum eigentlichen Zugang des Geheimganges kommen, führen. Allerdings blockieren sperrige Kisten den Weg, und ich hege augenblicklich einen Verdacht. Ich lasse Giulia auf den Boden gleiten und deute Laura an, mit ihr hinter einer der Paletten in Deckung zu gehen. Mit einem Messer breche ich eine der Kisten auf und entdecke die kleinen, weißen Säckchen, mit denen die Kiste bis obenhin gefüllt ist. Ich bin mir zwar sicher, doch überprüfe kurz, indem ich einen Sack aufreiße und das weiße Gold an meine Lippen führe, um es gleich darauf wieder auszuspucken. Kokain. Verflucht reines Zeug. Sofort setze ich eine Nachricht an Marco ab. Das war abgemacht, sobald irgendwas nicht planmäßig läuft. Das hier, Kisten voller Kokain, war nicht geplant, jedoch müssen sie schnellstmöglich aus dem Verkehr gezogen werden.

»Von hier aus werden die Drogen nach halb Europa transportiert«, erklärt Laura, während sie das Versteck hinter den Paletten verlässt.

Ich nicke knapp, verschließe die Kiste und hole Giulia, die verstört hinter dem Holz hockt und zittert, heraus. Es bleibt keine Zeit für tröstende Worte, auch wenn sie mir unfassbar leidtut. Wir müssen weiter.

Wir hetzen in den nächsten Raum, indem sich ein gigantischer Indoorpool befindet. Das Schwimmbecken misst locker zwanzig mal zehn Meter, umschlossen von dicken Säulen aus Marmor wirkt der Pool erdrückend pompös auf mich. Außerdem ist das Hallenbad bestimmt über acht Meter hoch. In einer Nische, die nicht vom Licht erfasst wird, sehe ich die massive Stahltür zum Geheimgang. Erwartungskonform ist sie verschlossen. Allerdings mit nur drei simplen, mechanischen Schlössern. Sofort mache ich mich an das erste Schloss ran, um es zu öffnen.

»Wir sind gleich draußen. Halten Sie Ausschau, Laura«, ordne ich an, in der Zwischenzeit fingere ich bereits am zweiten Schloss herum. Sie sind leicht zu knacken. Sogar ein Schuljunge hätte den Dreh nach wenigen Minuten raus. Alles reine Übungssache.

»Wenn wir beim Tunnel sind -«, setzt sie an.

Ich lasse sie nicht aussprechen, fasse in meine Jackentasche und werfe ihr das Kuvert mit dem Geld zu.

»So lautete der Deal«, beende ich den Satz, ehe ich mich dem dritten Schloss widme.

»Wir haben es gleich geschafft«, beruhige ich Giulia. Aus dem Augenwinkel vernehme ich, dass auch Laura von Minute zu Minute nervöser wird. Nur nicht die Nerven verlieren, Ladys. Wir kommen hier raus.

Plötzlich höre ich polternde Schritte von der Treppe. Shit, es sind mehrere und nicht nur die verbliebenen zwei Wachleute. Als ich nach einem geeigneten Versteck für Giulia und Laura Ausschau halte, bleibe ich abrupt an Lauras Gesicht hängen. Eine verräterische Träne läuft über ihre Wange. Sie hat gesungen.

»Es tut mir leid«, formt sie mit ihren Lippen.

»Weshalb?« Ich funkle sie an, bevor ich das Handy aus meiner Hosentasche ziehe und die Position des Range Rovers checke.

»Auch ich habe ein Kind. Einem Spinelli entkommt man nicht«, erklärt sie erschöpft.

Damit habe ich nicht gerechnet. Verflucht, der Mistkerl hat auch sie erpresst.

Der Range Rover befindet sich weit entfernt, doch als ich zur Kamera wechsle, bemerke ich, was für ein Spiel gespielt wurde. Vor der Villa parken drei schwarze Audi S8, sie müssen die Fahrzeuge getauscht und mich in eine Falle gelockt haben. Nachdem die ersten Typen unter dem Portal hervortreten, packe ich Giulia und werfe mich hinter eine Säule. Eine Millisekunde später fallen die ersten Schüsse. Auch Spinelli selbst betritt die Halle.

»Stopp! Ihr Spatzenhirne. Das ist Kittilä-Marmor aus Finnland. Hört sofort auf, herumzuballern, ihr hirnlosen Affen«, schnauzt er seine Lakaien an.

Zeit genug, um zum Gegenschlag auszuholen. Ich richte die Glock auf die Männer und drücke den Abzug. Somit verhindere ich, dass sich seine Wachen verteilen und ein breites Schussfeld aufbauen.

»Sjena. Sind Sie das tatsächlich? Ist mir eine Ehre. Ob Sie es glauben oder nicht, ich war schon immer ein großer Fan. Einen Mann mit Ihren Fähigkeiten hätte ich nur zu gern an meiner Seite gesehen. Allerdings fürchte ich, die Sache hier ist zu persönlich für Sie.«

Giulia schlingt ihre Arme um meine Oberschenkel und presst sich fest gegen mich. Shit, ich muss sie aus der beschissenen Villa bringen. Das bin ich Paul schuldig.

»Das fürchte ich auch«, antworte ich mit einem gezwungenen Lächeln im Gesicht.

»Sie können die Kleine zu mir schicken. Sie haben mein Wort. Ihr wird nichts geschehen, immerhin werde ich mit ihr noch ein paar Scheine verdienen.«

Während seine Worte den Mund verlassen, gleicht das Beben an meinen Beinen einem Erdbeben fünften Grades.

»Du brauchst keine Angst zu haben, ich habe einen Plan. Alles wird gut«, beruhige ich sie flüsternd. Dabei schenke ich ihr ein Lächeln, doch sie hat schon zu viel Schreckliches erlebt. Sie weiß, wie gefährlich Spinelli und seine Leute sind. Bei allem, was sie schon mitgemacht hat, will ich nicht, dass sie sich jetzt auch noch um mein Leben sorgt.

»Wie?«, presst sie zwischen ihren bebenden Lippen hervor und bricht das Schweigen.

Ich nicke in Richtung der Stahltür und sie versteht.

»Sie dürfen es der armen Signora Laura nicht übel nehmen, Ihnen muss eines bewusst sein: Ein Mann wie ich hat immer ein Ass im Ärmel!« Seine Worte hallen durch den hohen Raum auf mich nieder.

»Genau wie ich«, rufe ich ihm zu und aktiviere den Sender an meiner Uhr. Keine Sekunde später hören wir eine laute Explosion im Fluchtgang, nur wenige Meter neben uns. Die schwere Metalltür fliegt ein paar Meter weg, landet im Pool und maskierte Männer stürmen den Raum, allen voran mein Freund Marco, der mir eine kugelsichere Decke zuwirft. Das Glas der Dachluken bricht, Splitter prasseln auf uns herab und vier weitere Agenten seilen sich ab. Hörbar nähern sich vom Eingang der Villa weitere Spezialkräfte. Chancenlos und eingekesselt lassen sich Spinelli und seine Männer zu Boden werfen und festnehmen.

Vierzehn

Vor wenigen Tagen sah meine Welt noch anders aus. Zwar hüpften in ihr keine bunten Einhörner herum, trotzdem hatte ich das Gefühl, sie wieder in Ordnung zu bringen. Doch jetzt stehe ich vor einem Kollateralschaden. Keiner hat ihn beabsichtigt, doch seine Weite ist immens. Vermutlich läuft selbst das Universum mit Fragezeichen über dem Kopf herum und findet keine logische Erklärung für das Ausmaß. Hat das Universum eigentlich Feinde? Der Grund, weshalb ich über das Universum philosophiere oder mich amüsiere, ist einfach – ich befasse mich seit mehreren Stunden mit The Secret. Nein, ich brauche das Buch nicht, um vollkommen abzudrehen, das gelingt mir auch ohne ganz gut.

Finn hatte mir einige lebensweisende Ratgeber vorbeigebracht. Er kümmert sich wie ein Engel um mich. Dass sich Finn, der verwegene Sonnyboy, als mein engster Vertrauter erweisen würde, hätte ich nicht für möglich gehalten. Doch mir sind die Hände gebunden, ich bin auf ihn angewiesen, denn ich musste versprechen, niemandem davon zu erzählen. Also davon, dass er und Dario in Wirklichkeit Agenten sind. Ich würde mich sonst in Gefahr begeben und die Person, die ich einweihe, mit ins Unglück reißen.

Nachdem mein Kopf von der Beruhigungsspritze klar war, hatte mir Finn in Ruhe und aller Deutlichkeit dargelegt, wie die Sache ablief und weshalb Paul nichts von seiner Tochter erzählt hatte. Ich begriff nicht jedes Detail, doch die Erläuterung rückte mein Bild, welches ich von Paul und Dario hatte, ein winziges bisschen zurecht.

Habe ich eine Wut auf Paul? Ja. Hasse ich Dario? Ja. Doch der ganze Hass und die Wut bringen mich kein Stück voran. Erst recht nicht zurück in ein glückliches, zufriedenes Leben. Ich muss an mir arbeiten, an meinen Gedanken und meinen Worten. An meinem Leben. Ich kann meinen Freunden nicht unter die Augen treten, denn Clara hätte sofort mitbekommen, dass ich am Boden bin und mich mit unzähligen Fragen gelöchert. Das weiß ich, zu vermeiden, so gehe ich nach der Arbeit jedes Mal in meine vier Wände und lasse nur Finn an mich ran. Dario hat kein einziges Mal versucht, mich anzurufen. Das ist mir nur recht. Ich will Pauls Mörder nicht in meinem Leben wissen. Selbst wenn es ein Unfall war. Dass es ein Unglücksfall war, glaube ich ihm. Er hätte die Tat vertuschen können, tat es aber nicht. Diese unschöne Realität hätte mir einiges an Leid erspart. Denn von nun an spiele ich jeden Moment mit Paul und Dario vor meinem inneren Auge ab. Wie eine alte Videokassette spule ich vor und zurück. Immer und immer wieder, in der Hoffnung, ein Zeichen oder einen Hinweis zu entdecken. Ich konnte doch nicht so blind sein und nicht mitbekommen, was sich hinter meinem Rücken abspielte. Doch, ich war blind und komme mir idiotisch vor. Möglicherweise auch dumm. Finn beschwichtigte mich, erklärte mir geduldig, dass sie eine Eliteeinheit wären und das Täuschen anderer perfekt beherrschen.

Während ich vor der Kochinsel stehe und auf die Rückseite des Kalenders blicke, sticht mir die Liste, die ich vor ein paar Wochen angefertigt habe, ins Auge. Ich schmunzle, als ich die einzelnen Punkte durchgehe. Einige von ihnen habe ich doch tatsächlich abgehakt. Andere wiederum stimmen mich traurig, denn ich bringe sie mit Dario in Verbindung. Augenblicklich spüre ich seine Nähe, die zärtlichen Berührungen auf meiner Haut, bis sich mein Kopf einschaltet und mir abrupt speiübel wird. Meine Kehle schnürt sich zusammen und mein Magen krampft. Himmel, wie bekomme ich das gebacken?

Mein Handy piepst, und als ich darauf blicke, leuchtet Darios Name auf. Blitzartig wandert mein Finger übers Display.

Ich habe seine Tochter.

Mein Herz setzt für einige Schläge aus, ehe es im rasanten Tempo weiterschlägt. Das Pochen in meiner Brust, die Angst, sie könnte verletzt sein, ist unerträglich. Meine zittrigen Finger tippen eine Antwort.

Geht es ihr gut?

Schwer atmend lehne ich mich gegen die Kochinsel, die Handflächen an die Brust gelegt, versuche ich, meine Atemzüge zu steuern. Er hat seine Tochter. Pauls Tochter ist am Leben.

Sie ist unverletzt. Lass sie mich zu dir bringen. Bitte.

Ich blinzle einige Male, weil ich nicht glauben kann, was er von mir verlangt. Er will sie zu mir bringen, und was dann?

Bring sie in ein Heim. Dort kümmern sich Pädagogen um sie, bis sie ein neues Zuhause findet.

Es dauert nicht lange, und die Antwort kommt prompt.

Das ist nicht dein Ernst!!! Ich bin in wenigen Minuten bei dir. Sie schläft und braucht ein warmes Bett!

Er ist längst auf dem Weg. Verflixt. Das Smartphone gleitet aus meiner Hand und knallt zu Boden. Ich werde ihnen keinesfalls gegenüberstehen, denn das würde ich nicht durchstehen. Ich bin in den letzten Wochen an meine Grenzen geraten, einen Schritt weiter, und ich zerbreche endgültig. Ich überlege nicht, sondern laufe aus der Wohnung, nehme die Treppen nach unten, weil ich fürchte, vor der Aufzugstür auf sie zu treffen. Sobald ich unten angekommen bin, halte ich meinen Blick weiterhin stur auf den Boden gerichtet und renne. Ich laufe raus aus dem Haus, raus aus diesem verteufelten Leben.

»Ich werde sie nicht ins Heim bringen. Das kann ich ihr nicht antun«, erklärt er gedämpft und sieht weiterhin aus dem Fenster. Alles, was ich von ihm zu sehen bekomme, ist seine Rückansicht. Eine schmutzige, verschlissene Jeans und eine abgenutzte, schwarze Lederjacke, die an einigen Stellen Löcher aufweist.

Ich war nicht lange draußen, bevor ich beschloss, umzukehren und mich zu stellen. Ich bin stark und will Pauls Tochter sehen. Ganz gewiss finden wir eine Lösung, ein liebevolles Zuhause, indem sie sich geborgen und sicher fühlen wird. Es ist in Ordnung, dass sie sich vorerst in meinem Bett ausruht. Das arme Mädchen hat einiges durchlebt und keine Eltern mehr, die es beschützen. Giulia hat rein gar nichts mehr. Nur uns. Fremde Leute, deren Sprache sie nicht versteht.

»Schläft sie?«, frage ich, während ich interessiert zur offenen Schlafzimmertür schiele.

»Ja. Oder sie liegt wach und traut sich nicht, sich von der Stelle zu rühren, weil sie nicht weiß, bei welchen Leuten sie gelandet ist.«

Erst jetzt dreht er sich zu mir um und betrachtet mich mit glänzenden Augen. Sein angeschlagenes Äußeres, seine Miene, seine Haltung, nichts erinnert mehr an den Dario, der er einmal war.

»Ich spreche kaum Italienisch«, gebe ich zu bedenken und klinge dabei verzweifelter, als ich es will. »Ich arbeite, was mache ich mit ihr?« Ich werde panisch.

Bei meinen Worten erhellt sich sein gezeichnetes Gesicht.

»Währenddessen werde ich mich um sie kümmern, bis wir einen Kindergartenplatz finden …«

»Du willst sie behalten?«, fahre ich schockiert dazwischen, bevor mir klar wird, dass sie kein Gegenstand ist, den man eben mal so abgibt. Verflixt.

»Aber … die Behörden. Das musst du doch erklären und …« Ich mache eine kurze Pause. »Ich will dich nicht sehen«, gebe ich mit gebrochener Stimme zu und schlage mir die Handflächen vors Gesicht. Giulia gehört betreut, sie muss die erlebten Dinge aufarbeiten. Wir können sie nicht behalten wie ein zugelaufenes Kätzchen. Sie ist ein Kind. Herrgott!

»Der Geheimdienst ist eingeweiht. Sie bekommt die notwendigen Papiere und ihre Geschichte. Fürs Erste bleibt sie bei dir und dann sehen wir weiter.« Er tritt einen Schritt an mich heran, hält allerdings inne, als ich mich nach hinten gegen die Wand stütze, denn sonst würde ich augenblicklich zusammenklappen.

»Ich bin nicht ihre Mutter«, fauche ich zu laut und ohne jegliche Vorwarnung dringt Giulias Weinen aus dem Nebenraum.

Sofort setzt sich Dario in Bewegung und eilt zu ihr, ich hingegen bleibe wie angewurzelt im Wohnzimmer stehen. Was, wenn ich ihr nicht gefalle und sie mich nicht leiden kann? Himmel, sie wird mich hassen. Was, wenn sie mich ständig an Paul erinnert?

Letztendlich bezwinge ich meine wirren Spinnereien und laufe Dario hinterher. Unterm Türstock halte ich inne und spähe mit neugierigen Augen hinein. Mein Herz pocht unaufhörlich, während ich sie beobachte, wie sie sich ihre Tränen abwischt und mit Dario spricht. Ich verstehe ihn kaum, mein Italienisch ist lausig schlecht, doch er erklärt ihr offensichtlich gerade, wo sie sich befindet. Er spricht mit seinem ganzen Körper, die Hände wandern umher, bis er sich zu mir dreht und an mir hängen bleibt. Giulia hat mich ebenfalls entdeckt und starrt mir verunsichert entgegen. Ihre Augen sind vom Weinen gerötet, vielleicht auch von den Strapazen der letzten Wochen.

Ihr Blick trifft mich hart, als sie mich interessiert mustert. Es ist, als würde Paul mich ansehen. Als wäre er von den Toten auferstanden, um mir ein allerletztes Mal seinen bezaubernden, warmen Blick zu schenken.

Ich will etwas sagen, doch als ich den Mund öffne, bringe ich keine Silbe heraus. Ein Krächzen, das ich mit einem Räuspern überspiele, ist alles, was aus meiner Kehle dringt.

Dario bemerkt meine Unsicherheit, ebenso Giulias interessierte Blicke. Er ergreift das Wort und stellt uns einander vor. Ich lächle ihr freundlich entgegen, rühre mich aber nicht von der Stelle. Es ist zu viel für diesen Moment. Zuerst sehe ich Dario wieder an und jetzt blicke ich in Giulias Augenpaar, welches Pauls sein könnte.

Endlich überwinde ich mich. »Ciao Giulia«, sage ich sanft lächelnd. Zaghaft erwidert sie die Begrüßung und ich bilde mir ein, ein leichtes Zucken ihrer Mundwinkel wahrzunehmen.

»Sie bleibt vorerst hier. Ich will aber, dass du dich an Regeln hältst. Du kannst hier nicht ohne meine Erlaubnis auftauchen. Hörst du?«, sage ich kaum hörbar, denn ich will die Kleine nicht erschrecken. Sie soll nicht mitbekommen, dass viele Dinge ungeklärt im Raum stehen.

Die Erleichterung ist ihm anzusehen, er nickt zufrieden. »Ich lass euch alleine. Wenn ihr so weit seid, dann kommt nach draußen.«

Ich habe die Gelassenheit vorgespielt, in Wahrheit fühle ich mich machtlos, so, als wäre ich komplett außer Kontrolle geraten. Wäre das hier ein Traum, würde ich schreiend davonlaufen. Doch das tue ich Giulia nicht an. Ich bin es Paul schuldig, mich um sie zu kümmern. Auf Paul konnte ich mich immer verlassen, er stand für mich ein, er war mein Lebensinhalt. Mich um seine Tochter zu kümmern, ist das einzig Richtige. Nicht nur mein Verstand, sondern auch mein Herz sagt mir, dass es nur diesen einen Weg gibt. Ich will für Giulia da sein. Ihr das Beste zu bieten, ihr mein Leben zu schenken und für ihre Zukunft zu sorgen. Ich muss darum kämpfen, damit sie vergisst, welche schrecklichen, absonderlichen Dinge sie erlebt hat. Sie hat ein Recht auf eine unbeschwerte Kindheit.

Als ich ein Rascheln wahrnehme, drehe ich mich schwungvoll um. Giulia hält sich an Darios Hosenbein fest und vergräbt ihr Köpfchen an seiner Hüfte.

»Sie hat Hunger.«

Wieder stehe ich begriffsstutzig da, ehe ich verstehe. Ich muss keine Doktorarbeit abliefern. Herrgott, ich stelle mich auch doof an.

»Gib mir fünfzehn Minuten«, erwidere ich, bevor ich in die Küche marschiere und die Lebensmittel auswähle. Ich will Giulia nicht irgendwas vorsetzen, es soll ihr schmecken. Sie hat vermutlich schon ewig keine warme Mahlzeit mehr zu sich genommen.

Fünfzehn

Dario

Sie ist eine Kämpferin. Giulia macht es Mia nicht annähernd leicht. Ich mache ihr das nicht zum Vorwurf, denn sie ist noch ein Kind. Giulia wird von einem Kinderpsychiater, Dr. Lenk, dessen Fachgebiet die Rehabilitation nach Traumata von Misshandlungen ist, betreut. Derzeit kommt er täglich zu ihr, doch schon bald wird er nur noch jeden zweiten Tag erscheinen. Nach der gestrigen Sitzung meinte er, dass sie auf dem richtigen Weg sei. Er ist der Beste auf dem Gebiet und Mia findet, dass Giulia nach jedem Besuch gelöster ist.

Mia ist ebenfalls in Therapie. Sie hat es eingesehen, dass sie die Geschehnisse, die sie erlebt hat, nicht alleine bewältigen kann. Zumal sie ohnehin mit ihrer Essstörung kämpft. Weder Finn noch ich mussten sie dazu überreden, sie hat sich die Hilfe selbst besorgt. Von mir nimmt sie ohnehin keine Ratschläge an. Sie sieht mich an, als wäre ich ein Monster, was ich ihr nicht vorwerfe, denn das bin ich auch. Dass sie mich überhaupt wieder in ihr Leben lässt, grenzt an ein Wunder, das ich niemals für möglich gehalten habe. Selbst als ich mit Giulia zu ihrer Wohnung fuhr, hatte ich insgeheim befürchtet, sie würde mich mit ihr vor die Tür setzen. Nicht, weil sie kein Herz hat, nein, weil sie mich nicht sehen wollte und davon überzeugt war, ein Heim wäre das Richtige für sie.

Mia duldet mich. Hätte sie eine Wahl, wäre ich längst Geschichte. Sie tut es Giulia zuliebe. Die Kleine hängt an mir, was sich einerseits so falsch anfühlt, dass es mich zermürbt, andererseits kann ich Buße tun, und Mia lässt es zu. Die Kleine strahlt mich an, als wäre ich ein Superheld, doch in Wahrheit bin ich der Bösewicht. Joker. Sandmann. Ultron. Wer auch immer.

»Hey.«

Sie erwidert den Gruß, doch wie immer senkt sie ihren Blick und weicht mir aus. Es brennt höllisch in meiner Brust, denn jedes Mal, wenn sie das macht, erinnert sie mich an mein Vergehen. Als müsste ich nicht ohnehin die ganze Zeit daran denken.

»Ich muss erst um zehn zur Arbeit, du hättest auf dein Telefon gucken sollen«, schmettert sie mir entgegen. Trotz ihres Zornes lässt sie ihre Stimme weich klingen, weil sie mit jeder Tat bemüht ist, es Giulia recht zu machen und ihr keinesfalls zu schaden. Doch ich höre den vorwurfsvollen Unterton heraus.

»Dann komme ich in einer Stunde wieder«, sage ich, doch im selben Augenblick entdeckt mich Giulia. Mit einem freudigen Grinsen kommt sie auf mich zugestürmt und schließt mich wild in ihre Arme. Ich beuge mich zu ihr runter und gebe ihr einen Kuss auf die Stirn, bevor ich fragend zu Mia sehe. Sie verdreht die Augen. Es nervt sie, dass mich die Kleine überschwänglich begrüßt und ich mich nicht einmal annähernd um sie bemühen muss, so wie sie es tut. Sie reißt sich den Allerwertesten für sie auf und stößt doch immer wieder auf Ablehnung.

Ihr Therapeut hat eine simple Erklärung dafür. Ihr fehlt ihre Mutter. Giulia ist ein schlaues Mädchen und weiß, was mit ihr geschehen ist, und dass sie nicht wiederkommen wird. Deshalb versucht sie, Mia auszuschließen, weil genau dieses Wissen zu einem inneren Prozess führt, sie von sich zu stoßen. Hier ist Geduld und Willensstärke gefragt. Nichts anderes meinte Doktor Lenk.

»Du kannst bleiben«, stößt sie zischend hervor. Sie vermeidet weiterhin jeden Blickkontakt und stellt einen weiteren Teller auf den Tisch.

»Giulia, bitte iss noch ein bisschen«, fordert sie und legt ein Flehen in ihr Gesicht.

Giulia zögert. Mit genau diesen Machtspielchen hat Mia täglich zu kämpfen. Zu meiner Überraschung tapst Giulia ohne Widerstand auf den Stuhl zu, klettert darauf und setzt die Puppe, welche ihr Mia besorgt hat, neben sich und greift, ohne zu zögern, nach einem Stück Brot.

Augenblicklich erhellt sich Mias Miene und ich sehe ihr an, wie sie sich über diesen kleinen Fortschritt freut, als wäre es ein Erfolg auf ganzer Linie. Das Strahlen übertrifft jenes, als Giulia ihr erstes, deutsches Wort von sich gegeben hat. Sie lernt schnell. Einige Begriffe und Dinge aus dem Alltag benennt sie präzise korrekt.

Ich weiß, dass Kinder rasend schnell lernen. Sie haben eine andere Herangehensweise, sich die Dinge einzuprägen, doch wie rasant das bei Giulia geht, lässt mich jedes Mal aufs Neue staunen.

Wir nutzen die Zeit am Vormittag für Spiele, bei denen wir die neuen Begriffe gemeinsam durchgehen. Am Nachmittag spazieren wir im Park, gehen ins Hallenbad oder zu Ikea. Sie liebt die Prinzessinnentorte dort. Mia hätte vermutlich was dagegen, wenn sie wüsste, dass wir sie letzte Woche täglich gegessen haben. Ich muss schmunzeln, als ich daran zurückdenke, wie wir sie uns beim ersten Besuch geteilt haben. Beim zweiten Mal hatte ich keine Chance mehr, Giulia wollte mir keinen Bissen überlassen.

»Kommende Woche bekommt Giulia den Kindergartenplatz«, höre ich Mia sagen, doch ich will ihre Worte nicht wahrhaben. Der Tag musste kommen, doch so bald schon? Somit bleiben nur noch fünf Tage für Giulia und mich.

»Für welchen hast du dich entschieden?« Ich weiß es natürlich, denn ich kenne Mia zu gut und sie würde die Kleine in keinen städtischen Kindergarten geben, alleine schon wegen der sprachlichen Barriere.

»Du weißt, wofür ich mich entschieden habe.« Sie funkelt mich an.

»Dann lernen wir unseren Namen tanzen«, scherze ich, und erst, als ich in ihre verbissene Miene blicke, begreife ich, dass ich überhaupt nicht in der Ausgangsposition bin, Witze zu machen.

»Es ist mir wichtig, dass sie sich wohlfühlt und zu nichts gedrängt wird«, erklärt sie und schnappt dabei mehrmals nach Luft. Es ist ihr wichtig, dass es ein Waldorfkindergarten ist.

Sie verschlingt die Erziehungsratgeber und ich befürchte, sie hat mehr Ahnung von Steiner, Jesper Juul oder sonst irgendwem als die Pädagogen selbst.

Sie hat mir die Vorteile der Waldorfpädagogik eingehend erklärt, doch alles, was ich mir davon gemerkt habe, ist das Brotbacken und der Waldtag. Ich weiß, dass es um weitaus mehr geht, doch ich kann damit nichts anfangen. Vermutlich auch deshalb, weil ich in eine streng katholische Schule und später in eine Militärschule geschickt wurde. Ich würde nicht behaupten, dass es mir schlecht damit ging, aber wenn ich mich an die Zeit zurückerinnere, fehlen einfach die schönen Momente an meine Schulzeit. Ich werfe das meinen Eltern nicht vor, mein Vater selbst ging auf diese Schule und diente dem Militär, bis er schließlich ums Leben kam. Nur kurze Zeit später wurde meine Mutter schwer krank und erlag ihrer Krankheit wenige Monate darauf. Ich war noch nicht mal achtzehn und hatte meine Eltern verloren. Damals gab mir das Regiment der Militärschule Kraft, auch wenn man das nicht glauben würde. Bei der Agentenakademie dann lernte ich meinen besten Freund Paul kennen, der seine Eltern ebenfalls viel zu früh verloren hatte, und dieses unsichtbare Band hatte uns innerhalb kürzester Zeit zusammengeschweißt. Die Jahre vergingen und an einem Frühlingstag, ich erinnere mich noch daran, als wäre es gestern gewesen, stellte mir Paul seine Mia vor. Sofort wusste ich, dass es die Frau seines Lebens war und sie zueinander gehören. Gleichzeitig realisierte ich aber, dass mich keine Frau so sehr berühren könnte wie sie, und ich lebte damit. Tag ein, Tag aus gönnte ich den beiden das Glück, obwohl es mir mein Herz zerriss, wenn ich die zwei miteinander sah.

Und nun sorgt Mia für das Wohlergehen von Giulia, denn ich bin nicht dafür geeignet, irgendwelche Kindergärten oder Schulen auszuwählen. Selbst ihre Mutter, bei der ich immer, wenn ich sie sah, zu frösteln anfing, unterstützt sie. Sie ist eine Eiskönigin, doch Giulia bringt ihr Herz langsam zum Schmelzen.

»Wann hat Giulia eigentlich Geburtstag?« Sie reißt mich mit ihrer Frage aus meinen Gedanken. Ich beobachte Giulia, wie sie sich erneut Marmelade aufs Brot schmiert, um sie gleich darauf runter zu schlecken.

»Ich habe keine Ahnung«, gebe ich mit einem halben Lächeln zu, während ich ihr weiter zusehe, wie sie das Marmeladenglas leert.

Aus den Unterlagen geht kein Geburtsdatum hervor und ihre Eltern sind tot. Verwandte hat sie keine, zumindest keine, die nicht in irgendeiner Form kriminell sind und die ich hätte fragen können.

»Giulia, weißt du, wann du Geburtstag hast?«, frage ich sie schließlich.

Schmatzend und mit ihren großen, braunen Rehaugen sieht sie mich verwundert an. Schüttelt kurz darauf allerdings den Kopf.

»Was hältst du davon, wenn wir morgen deinen sechsten Geburtstag feiern?«, jubelt Mia mit glänzenden Augen.

Augenblicklich erhellt sich Giulias Ausdruck, sie leckt sich den letzten Rest der Marillenmarmelade vom Finger und nickt mit einem breiten Grinsen im Gesicht.

»Wir feiern morgen eine Party.«

Das glückliche Lächeln, welches mir Mia dabei schenkt, zieht sich qualvoll durch mein Knochenmark. Sie ist die Frau, die mich vollkommen macht.

Sechzehn

Clara blinzelt überrascht zwischen Giulia und mir hin und her. Sie guckt mit offenem Mund, was sie nicht unbedingt intelligent aussehen lässt.

»Kein Geschenk?«, frage ich überrascht, denn ich hatte doch erwähnt, dass es eine Kindergeburtstagsparty wird.

»Das ist eine Geburtstagsparty«, rüge ich sie, weil ich nicht glauben kann, dass sie tatsächlich ohne auftaucht. Es betrifft nicht mich, sondern Giulia, sie hat jedes Geschenk verdient, weil sie durch die Hölle gegangen ist und weder Mutter noch Vater jemals wieder sehen wird. Herrgott!

Dario ist im richtigen Moment zur Stelle und drückt Clara ein Proseccoglas in die Hand. Sie nimmt es paralysiert an und führt es an ihren Mund. Er rettet uns vor der absoluten Eskalation.

In der Zwischenzeit schließt sich Giulia Dario an und teilt die restlichen Gläser aus. Mum, Finn und Ben haben sich in der Zwischenzeit im Wohnzimmer versammelt.

Es war nicht einfach, eine atemberaubende Kinderfete auf die Beine zu stellen. Doch die Girlanden hängen, die Prinzessinnentorte ist gekühlt und die Schälchen, die ich an mehreren Stellen in der Wohnung platziert habe, sind bis obenhin mit Süßigkeiten befüllt. Leider fehlt ein wesentlicher Teil, damit es für eine Sechsjährige eine atemberaubende Party wird. Kinder, Freunde, mit denen Giulia spielen kann. Ich wünsche es ihr so sehr und schicke Stoßgebete gen Himmel, damit sie im Kindergarten schnell Anschluss findet und liebevoll aufgenommen wird. Kinder können gemeine Biester sein, Mobbing beginnt bereits im Kleinkindalter – es spricht nur niemand drüber.

»Mia, sie sieht aus wie Paul …«, stottert Clara tonlos.

Ich stehe ihr mit ernster Miene gegenüber und warte auf ihre Vorwürfe. Zugegeben, ich hatte mich in den letzten vierzehn Tagen kaum gemeldet. Und wenn, dann nur, um kurzen Small Talk zu führen. Dass ich quasi mitten in einem Adoptionsverfahren stecke und Pauls Tochter bei mir wohnt, hatte ich nicht erwähnt. Apropos, sie wusste noch nicht mal, dass Paul eine Tochter hat. Somit kann ich erst recht nicht zornig sein, dass sie meine Einladung zu einer Kinderparty für einen Witz hielt.

»Ist das seine Tochter? Warum sieht sie ihm so ähnlich … und Scheiße, weshalb sprichst du nicht mit mir. Ich bin deine beste Freundin«, donnert sie mir entgegen, dabei stemmt sie ihre Hände in die Hüften.

Kurz überlege ich, ob ich sie rügen soll, lasse es dann aber sein. Sie muss das erst einmal begreifen und ich sollte versuchen, zu verstehen, dass sie sauer ist. Ich wäre es jedenfalls, wenn meine beste Freundin solche wichtigen Details aus ihrem Leben verschweigt. Doch es ging alles Schlag auf Schlag. Darios Beichte. Dann hat sich Finn eingemischt, und schlussendlich darf ich darüber sowieso nicht sprechen. Mir sind ohnehin die Hände gebunden.

»Ja. Giulia ist Pauls Tochter. Ihre Mutter ist tot, genau wie ihr Vater«, erkläre ich atemlos, dabei durchzieht mich eine Eiseskälte, weil er es mir verschwieg. Dario und Finn meinten, dass es zu meinem eigenen Schutz diente, doch nach wie vor will ich es einfach nicht verstehen.

»Mia, das … warum hast du nicht mit mir gesprochen. Ich bin doch deine Freundin.« Sie sieht mich mit einem verzweifelten Ausdruck an.

Ich schlucke schwer. Keinesfalls wollte ich meine Freundin belügen oder Geheimnisse vor ihr haben.

»Es war einfach viel«, gebe ich schließlich zu.

Sie schüttelt den Kopf und zaubert sich ein Lächeln auf die Lippen. »Du magst sie«, stellt sie unverblümt fest, kommt näher und schließt mich in ihre Arme. Das ist zu viel. Wie ein Damm, der jeden Moment durchzubrechen droht, ein leichter Windstoß genügt, eine klitzekleine Berührung und ich breche in mir zusammen, und die Fluten reißen mich mit. Ich heule an ihrer Brust, sodass mein gesamter Körper bebt und mit jedem Atemzug einige Zentimeter in die Höhe hüpft.

»Sch«, beruhigt sie mich, reibt mit ihrer Handfläche über meinen Rücken, und ich fasse mich schnell wieder. Denn was wäre, wenn Giulia mich so sehen würde? Sie wäre verschreckt und würde womöglich denken, dass sie Schuld daran hätte.

»Bist du glücklich, wenn sie bei dir ist? Erinnert sie dich zu sehr an Paul? Wenn ... wenn du Hilfe brauchst ... ich bin für dich da. Hörst du, egal was, egal wann, ich bin da.«

Unendlich dankbar für ihre Hilfe, lasse ich ihre Worte in meinen Ohren nachklingen. Ich brauche das so sehr. Natürlich sind Dario und Finn für mich da und unterstützen mich. Doch bei Clara ist es etwas anderes. Sie lässt mich die Sache mit Dario verdrängen. Wenn ich sie ansehe, habe ich nicht den schrecklichen Gedanken, dass Paul noch am Leben sein könnte, wenn Dario nicht wäre.

»Sie erinnert mich jede Millisekunde an ihn, doch das ist wunderbar«, gebe ich zu, und ein Lächeln umschmeichelt meine Mundwinkel.

Zuerst beäugt sie mich skeptisch, doch mein Lächeln überzeugt sie schließlich und stimmt sie zufrieden.

»Dann feiern wir Giulias Geburtstag«, trällert sie fröhlich und zieht mich mit sich zu den anderen.

Mum, Finn und Ben unterhalten sich ausgelassen, während Giulia herumhüpft und dabei den Luftballon in die Höhe wirft. Langsam nähert er sich dem Boden, ehe sie ihm einen weiteren Kick mit dem Fuß gibt und er wieder nach oben fliegt. Sie ist glücklich.

»Lass uns die Torte holen«, flüstere ich und winke Clara zu, damit sie mir in die Küche folgt.

Aus der Lade krame ich die Kerzen und das Feuerzeug heraus und stecke sie mit zitternden Händen in das Kleid der Prinzessinnentorte.

»Du machst das toll.«

»Lass das. Mir kommt es so vor, als würde ich andauernd in ein Fettnäpfchen treten und alles falsch machen.«

»Das Gefühl hat wohl jede Mutter.« Mit einem breiten Grinsen, was bis zu ihren Ohren reicht, steht sie mir gegenüber.

»Mag sein.«

Eilig zünde ich die sechs Kerzen an und blicke unsicher zu Clara. »Happy Birthday?«

»Nein. Wie schön, dass du geboren bist.« Sie legt ihre Hand an meinen Rücken und schiebt mich aus der Küche raus in Richtung Wohnzimmer, als sie bemerkt, dass ich nur Zeit herausschinde, weil ich so unfassbar aufgeregt bin.

Ich bin erleichtert, als Clara mit ihrer Engelsstimme den Ton angibt und ich nur in ihren Gesang einsteigen muss.

Schnell dreht sich Giulia zu uns herum, und ich sehe in die schönsten Kinderaugen, in die ich jemals geblickt habe. Selbst Werbespots, Computeranimationen, niemals habe ich ein solch bezauberndes Strahlen erlebt. Augenblicklich füllen sich meine Augen mit Flüssigkeit. Nicht, weil ich traurig bin, sondern so unfassbar glücklich, dass dieses Mädchen in mein Leben getreten ist.

Endlich stimmen die anderen in das Lied ein und wir besingen Giulia fröhlich und zelebrieren ihren Geburtstag.

Sie wartet nicht erst, bis wir mit unserer Gesangseinlage fertig sind und bläst sofort die Kerzen aus, als ich die Torte auf dem Esstisch abstelle. Wir lachen herzhaft und bringen die letzten Worte des Liedes nur kichernd und grunzend über unsere Lippen.

Giulia ist schnell und ungeduldig. Inzwischen rutscht sie hibbelig auf dem Stuhl hin und her, während sie sehnsüchtig auf ihr Stück Torte wartet. Ich hatte vorhin schon das Gefühl, als würden sie die Geschenke nicht sonderlich interessieren. Die Torte ist wichtig, und das kann ich nur zu gut nachvollziehen.

Genussvoll schiebt sie sich die erste Gabel in den Mund und ich spüre, wie sich eine Glückseligkeit in mir ausbreitet.

»Starr sie nicht so an. Lass sie doch in Ruhe essen.« Clara schubst mich von der Seite an. »Man könnte meinen, du wärst eine Glucke«, fügt sie hinzu, ehe ich mich rausreden kann.

Sie hat recht. Ich muss aufpassen und Giulia den nötigen Freiraum gewähren. Letzte Nacht erst habe ich wieder Stunden an ihrem Bett gesessen und sie beim Schlafen beobachtet. Am Morgen war ich dann vollkommen gerädert, doch dieses bezaubernde Mädchen war es das wert. Sie ist erst vierzehn Tage bei mir, doch meine Liebe zu ihr ist längst grenzenlos.

Nachdem wir uns die Bäuche vollgeschlagen haben, räume ich die schmutzigen Teller in die Spülmaschine. Giulia spielt mit den Luftballons, die in der ganzen Wohnung verteilt herumkullern und alles scheint perfekt, bis ich seine Nähe dicht hinter mir spüre.

»Lass mich dir helfen«, sagt er sanft, dabei begeht er einen gewaltigen Fehler. Er berührt mich. Seine Hand legt sich sanft auf meinen Rücken. Augenblicklich bibbere ich vor Kälte. Seine Berührung widert mich an.

»Wage es nicht, mich noch einmal anzufassen. Verschwinde. Jetzt. Sofort«, fauche ich, sodass es bis ins Wohnzimmer zu hören ist.

Mit versteinerter Miene, in die das Entsetzen gemeißelt ist, starrt er mich an.

»Ich wollte doch nicht ... ich würde doch niemals versuchen ... Mia, ich wollte dir nur zur Hand gehen«, erklärt er erschrocken.

»Verschwinde«, brülle ich ihm entgegen, und als ich die großen Rehaugen aus dem Türrahmen blinzeln sehe, wird mir klar, dass jeder hier, auch Giulia, mitbekommen hat, dass ich mich gerade aufführe wie eine Bekloppte. Zumindest für die Unwissenden, also alle, außer Finn, sieht es so aus, als wäre ich nun komplett irre geworden. Doch auch das ist mir egal. Nur Giulia hätte das niemals mitbekommen dürfen. Sie hängt an Dario. Selbst wenn sie nur Wortfetzen versteht, und nicht weiß, worum es geht, kann sie meine Abneigung und Anfeindung fühlen. Überhören konnte sie sie keinesfalls. Vermutlich haben es meine Nachbarn ebenso mit angehört.

Sofort hadere ich mit mir und bekomme ein schlechtes Gewissen, denn ich will Giulias Leben nicht noch weiter verkomplizieren und ihr Schmerzen zufügen. Denn das ist es, was ich in ihren Augen sehe. Sie ist verletzt und verwirrt.

Ich nehme mich zusammen. Verberge all meinen Groll tief in mir drinnen, stelle meine Bedürfnisse und Wünsche hintan und trete an Dario heran. »Bitte bleib«, stoße ich mühevoll hervor.

»Sicher?«, fragt er, während er versucht, meinen Blick einzufangen. Doch ich kann ihn nicht ansehen, es tut weh, abscheulich weh.

»Sicher«, erwidere ich resolut und beuge mich zu Giulia hinab, streiche ihre Haare aus dem Gesicht und hauche ihr eine Entschuldigung entgegen. Sie schenkt mir ein halbes Lächeln und fällt mir in den Arm. Es dauert nicht lange, und sie reißt sich wieder los. Doch das ist ein Beginn, denn zum ersten Mal war sie es, die die Nähe zu mir gesucht hat. Sie hatte Dario schon öfter in den Arm genommen, doch mich hat sie bisher immer von sich gestoßen.

Der Zwischenfall wurde weitgehend ignoriert, obwohl mich Claras Augen voller Neugier gemustert haben. Trotzdem hat sie nicht weiter nachgefragt. Was soll ich ihr auch erzählen? So was wie, ich wäre vollkommen überfordert mit der Situation, von einem Tag auf den anderen, Mutter zu werden? Das könnte funktionieren, wäre trotz alledem eine weitere Lüge, und davon habe ich schlichtweg genug.

Nachdem Giulia die Geschenke ausgepackt und das aufgerissene Geschenkpapier wild herumgewirbelt hat, zieht sie sich in ihr Zimmer zurück. Dank Ikea konnten wir innerhalb eines Tages ein bezauberndes Zimmer zaubern. Bei den anderen Möbelgeschäften hätte die Lieferzeit mehrere Wochen betragen. Finn und Dario hatten das Zimmer im Nu aufgebaut.

Ich bin erleichtert, als sich Mum, Ben und Clara verabschieden.

»Wir treffen uns morgen beim Bäcker, ja?«, erinnert mich Clara.

Verflixt. Ich entkomme ihren Fragen bestimmt nicht.

»Ist gut«, erwidere ich mit einem freundlichen Gesicht. In Wahrheit habe ich momentan keine Lust, mich auf einen lockern Kaffeeklatsch zu verabreden.

Als die Tür endlich ins Schloss fällt, bin ich vorerst erleichtert. Was sich schlagartig ändert, als sich Finn vor mir aufbaut.

»Was hast du dir dabei gedacht?« Er funkelt mich an.

Und ich kann es nicht glauben. Ist das wahr? Höre ich richtig? Weshalb macht er mir Vorwürfe? Er soll seinen Freund zurückpfeifen und sich nicht in Dinge einmischen, die ihn nichts angehen.

»Du musst dich zusammennehmen. Keiner darf erfahren, dass wir für den Geheimdienst arbeiten. Selbst wenn es dir schwerfällt ... Dario bemüht sich. Verdammte Scheiße. Vermutlich hätte auch ich Paul erschossen ... Mia, das ist unser beschissener Job. Er wusste nicht, dass es Paul war. Paul hatte sich auf die Gegenseite geschlagen.«

Finn macht es mir wirklich leicht. Nun hasse ich auch meinen letzten Verbündeten, ihn.

»Lasst mich alleine«, hauche ich ihnen entgegen, denn auch Dario hat sich Finns Monolog angehört. Ich lasse meinen Blick zum Kinderzimmer wandern und bin erleichtert, als ich feststelle, dass die Tür geschlossen ist. Giulia darf von alledem nichts mitbekommen und niemals, wirklich niemals erfahren, dass der Mann, den sie in ihr Herz geschlossen hat, der Mörder ihres Vaters ist.

Am nächsten Morgen bringe ich ein zufriedenes Mädchen in den Kindergarten. Bereits nach zwei Wochen hat sich eine Routine eingespielt, als wäre es niemals anderes gewesen. Giulia wird am Wochenende bei Dario übernachten. Sie hat auch letzten Samstag bei ihm verbracht. Erst war es ungewohnt, denn ich hatte mich binnen kürzester Zeit an sie gewöhnt. Sie hat mir unheimlich gefehlt. Doch nach einer Weile habe ich gemerkt, wie sehr ich es genieße. Die Stille habe ich dringend gebraucht. Außerdem ist es neu für mich, für einen anderen Menschen zu sorgen. Leicht ist es mir nicht gefallen, oft frage ich mich, ob ich alledem gerecht werde. Kann ich denn überhaupt eine gute Mutter sein, wenn mein Körper nicht mal imstande ist, ein Leben auszutragen?

»Ich habe nicht mehr mit dir gerechnet.«

»Ich kann mein Leben nicht mehr auf die Minute genau planen. Sorry.«

Wir schenken uns ein zaghaftes Lächeln, denn wir wissen intuitiv, dass etwas Großes zwischen uns steht. Vielleicht mehr, als wir ahnen.

»Was war das gestern zwischen Dario und dir?«, fragt sie unverblümt und wartet nicht ab, bis ich meine rastlosen Finger um eine Tasse schließen kann.

Meine Augen verengen sich zu Schlitzen, als ich in ihr Gesicht sehe. Soll ich sie anlügen oder die Wahrheit verbergen? Es handelt sich um keine optimale Lösung, doch was bleibt mir anderes übrig?

»Die Wahrheit ist, dass ich Dario aus tiefstem Herzen hasse. Ich verabscheue ihn«, presse ich schließlich hervor.

Ihr Mund klappt auf. Damit hat sie nicht gerechnet. Sie hatte wohl diese romantische, verträumte Vorstellung, wir würden zueinanderfinden und bis an unser Lebensende glücklich sein.

»Und irgendwo tief in mir drinnen ...« Ich lege eine Pause ein, weil sich mein Hals so schrecklich trocken anfühlt und mich am Weitersprechen hindert. »... tief in meinem Inneren ... sehnt sich ein Teil nach der Nähe, der Geborgenheit, die er auf mich ausstrahlt. Jeder Blick in seine Augen ist ein Spiel mit dem Feuer. Ich weiß, wie furchtbar falsch es ist, aber ich fürchte ... irgendwie, auf eine absonderliche Art und Weise, habe ich ihn schon immer geliebt. Und ... dafür hasse ich mich.«

Wie in Zeitlupe legt sich ein Entsetzen in ihre Augen, um sich kurz darauf in ein breites Grinsen zu verwandeln.

»Clara, ich werde es nicht zulassen«, entgegne ich und nehme ihr damit jegliche Hoffnung auf ein Happy End.

»Warum nicht?«

»Es wäre das Schlimmste, was ich Paul antun könnte.«

Sie schürzt ihre Lippen und will etwas erwidern, doch ehe sie dazu kommt, stoppe ich sie mit einer forschen Handbewegung.

»Egal, was du zu sagen hast, es ist zwecklos. Dario und ich können niemals ein Paar werden. Zumindest nicht in diesem Leben.«

Das Unverständnis steht ihr auf die Stirn geschrieben, wie sollte sie es auch nur ansatzweise nachvollziehen. Immerhin kennt sie den Hauptteil, den sogenannten widerlichen Höhepunkt, unserer Geschichte nicht. Und das ist besser so.

Sie nickt trotzdem. »Wenn du eine Auszeit brauchst, ich passe gerne auf Giulia auf.«

Ich grinse, denn einen Babysitter könnte ich gut gebrauchen. Ich will wieder regelmäßig zum Sport gehen und vielleicht auch in die Berge fahren, klettern, so wie früher mit Paul.

»Das wäre toll.« Ich lächle.

»Und danach erzählst du mir alles über deine heißen Dates.« Sie grinst wie ein Honigkuchenpferd.

Ich rolle mit den Augen. »Welche Dates?«

Sie kichert.

»Du wirst dich doch bestimmt auch mit Männern treffen und dafür einen Babysitter brauchen ...«

Sie schmunzelt breit, dabei hüpfen ihre Augenbrauen anzüglich nach oben.

Siebzehn

Im Sommer darauf – mehrere Monate später

Ich habe mir Zeit gelassen. Das Navigationsgerät hat für dreihundert Kilometer knapp drei Stunden berechnet. Trotz alledem habe ich es geschafft, ohne Stau und Wartezeit bis zur slowenisch kroatischen Grenze mehr als fünf Stunden zu brauchen. In Wirklichkeit habe ich den Verkehr behindert, weil ich im Schneckentempo dahinglitt.

Warum das ganze Theater? Weil sich seit Monaten nichts daran ändert. Ich möchte Dario nicht in meinem Leben haben. Ich dulde ihn, wenn er kommt, um Giulia abzuholen, tausche höfliche Floskeln mit ihm aus, aber das alles tue ich Giulia zuliebe. Ich will nicht hier sein. Alles, wirklich alles in mir kämpft dagegen an, eine Woche am Stück mit ihm zusammen zu sein.

Es gab endlose Diskussionen mit Finn, der mich zuletzt überzeugen konnte, wie wichtig das für Giulia sei. Er hatte natürlich recht. Als wüsste ich das nicht selbst. Doch mein Herz, der innere Schmerz, hielt mich trotzdem, beinahe bis zur letzten Minute, zurück.

Die Entscheidung, mitzukommen, fiel mir leichter, als Finn aus dem sogenannten Familienurlaub einen Urlaub mit Freunden zauberte. Im Handumdrehen hatte er Clara und Ben mit an Bord. Ein bisschen Glück spielte hierbei ebenso eine Rolle, denn sie konnten sich beide kurzfristig Urlaub nehmen. Wie Finn das geregelt hat, weiß ich nicht. Das ist mir vollkommen egal. Ich will von der ganzen Agentensache nichts hören. Kein einziges Mal habe ich nachgefragt. Denn was ist das für ein Job, bei dem Menschen auf Befehl ermordet werden? Ein erbärmlicher, würde ich sagen.

Dario verschwindet zwar nicht mehr spurlos, aber das ändert nichts daran, was er in Wirklichkeit tut. Unser Verhältnis ist ohne Tiefgang, so oberflächlich, dass ich meiner Nachbarin, die mir tierisch auf die Nerven geht, mehr anvertraue als ihm.

Trotz alledem zieht sich mein Herz freudig zusammen, als ich in den Rückspiegel blicke und Giulias strahlende Augen sehe. Sie ist überglücklich und auch ein klein wenig aufgeregt, weil sie noch nie so lange am Stück Zeit mit Dario verbringen durfte. Auf das Meer freut sie sich zwar auch, aber lange nicht so sehr wie auf ihn. Ich kann es ihr nicht verübeln. Er kümmert sich rührend um sie. Nun ja, wie soll ich das bloß erklären. Auf irgendeine Weise haben die zwei andauend Spaß miteinander, ich hingegen sorge für die Ordnung und Erziehung. Natürlich bringe ich Giulia ebenso zum Lächeln, doch bei Dario und ihr ist es etwas völlig anderes. Es ist unbeschwerter. Er muss nicht dafür sorgen, dass sie ihre Hausaufgaben macht und pünktlich in ihrer Klasse sitzt. Am Wochenende läuft es deutlich entspannter ab, aber dieses Leid tragen vermutlich viele alleinerziehende Mütter.

»Wir sind da«, jubelt sie freudig vom Rücksitz aus und im selben Augenblick öffnet Dario die Eingangstür und lächelt uns entgegen. Sein Lächeln ist bezaubernd, wenn er Giulia anstrahlt, nimmt das Dimensionen an, die ich niemals für möglich gehalten habe.

»Los, steig schon aus«, sage ich mit einem breiten Grinsen, weil sie mich mit ihrer fröhlichen Laune ansteckt. Sie füllt mich aus, jede Sekunde meines Lebens macht sie um so vieles lebenswerter, auch ich hätte niemals für möglich gehalten, wie sehr sie mein Leben bereichern würde.

Das muss ich ihr kein weiteres Mal sagen, sie betätigt den Türöffner und springt aus dem Wagen geradewegs in Darios Arme, der bereits näher getreten ist.

Verstohlen ertappe ich mich dabei, wie ich die beiden im Rückspiegel beobachte, dabei macht sich ein hauchzartes Kribbeln in meiner Magengegend breit. Ich gehe davon aus, dass es schlicht und einfach ein Mutterinstinkt ist. Auch wenn ich keine Kinder bekommen kann, glaube ich fest daran, dass ich diese Empfindung in mir trage. Giulia bedeutet mir alles.

Das Klopfen an die Fensterscheibe reißt mich aus meinen Gedanken. Als ich mich weiterhin nicht rühre, öffnet er die Wagentür und hockt sich vor mich hin, sodass wir auf Augenhöhe sind. Ich presse meine Lippen fest aufeinander, weil ich einfach nicht weiß, wie ich die Woche überstehen soll und weil mir die passenden Worte fehlen. Will ich ihm erneut mitteilen, dass ich ihn aus tiefstem Herzen hasse? Nein, denn das ist nicht die ganze Wahrheit.

»Es bedeutet mir viel, dass ihr gekommen seid«, erklärt er mit sanfter, tiefer Stimme, die mir eine hauchzarte Gänsehaut beschert. Verflixt. Ich will nicht auf ihn reagieren, ich will ihn nicht in meiner Nähe wissen.

»Das kannst du Finn verdanken«, erwidere ich barsch und starre stur geradeaus, in die Richtung des Einganges und beobachte, wie Clara Giulia in eine feste Umarmung schließt.

»Sieh mich an.«

Ich reagiere nicht auf seine Worte, ich will nicht in diese verflixten eisblauen Augen sehen. Sie sind zu verführerisch, zu gefährlich, deshalb vermeide ich den direkten Blickkontakt, zumindest die meiste Zeit über. Bis jetzt hat es hervorragend geklappt und mit einem Mal soll ich ihn wieder ansehen? Nein. Nein. Nein. Auf keinen Fall!

»Bitte«, haucht er mit rauer Stimme.

Ich kaue auf meiner Unterlippe herum und beiße so kräftig zu, dass das schmerzhafte Ziehen in der Brust nachlässt, indem ich mir anderweitig Schmerz zufüge. Das funktioniert nur bedingt, weil ich im Grunde keinen Hang zu autoaggressivem Verhalten aufweise. Jedenfalls noch nicht. Mein Therapeut wäre eindeutig nicht erfreut, immerhin hatten wir die Essstörung erst nach zahlreichen Gesprächen in den Griff bekommen.

Ich neige meinen Kopf in seine Richtung, konzentriere mich zuerst auf sein Kinn, welches mit Bartstoppeln übersäht ist und ihn absolut verwegen aussehen lässt, über seinen vollen Mund, bis ich dann schließlich bei seinen Augen lande. Sofort bereue ich es. Der warme und sogleich sorgende Ausdruck in ihnen lässt mich für eine Weile vergessen, was er getan hat, und wer er streng genommen ist. Der Mörder von Paul.

»Kämpfe nicht dagegen an«, höre ich ihn sagen und noch bevor ich etwas erwidere, lässt er von mir ab und läuft ins Haus. Ich werde ihm nicht hinterherlaufen, weil ich wissen will, was genau er damit meint. Bestimmt nicht. Ich will nichts anderes, als die Tage hinter mich bringen, Giulia tanzend herumtoben sehen, gegebenenfalls ein oder zwei Dinge meiner Liste abhaken und die Tage mit meinen Freunden genießen. Dario ist zwar meistens dabei, doch er zählt nicht weiter zu ihnen. Er ist nicht mein Freund, denn ich will mit keinem Mörder befreundet sein.

Haben Paul und Finn ebenfalls Menschen ermordet? Plötzlich wird mir bewusst, dass ich Finn niemals danach gefragt habe. Ich ahne, dass es besser ist, es dabei zu belassen und mich weiterhin mit der Ungewissheit zufriedenzugeben.

Nachdem ich alle begrüßt habe und die Schlafsituation soweit geklärt ist, räume ich unsere Kleidungsstücke in den kleinen Schrank im Wohnraum. Clara und Ben nehmen das Schlafzimmer. Giulia und ich das Wohnzimmer, vielmehr das Sofa, auf dem zwei Leute Platz haben und Finn und Dario wollen im Zelt, welches sie unten bei den Klippen aufgebaut haben, übernachten. Das Haus ist nicht ausgelegt für mehr Personen, es ist heimelig klein, aber wunderschön hier. Trotzdem erinnert es mich an eine Zeit, in der zwar nicht alles in Ordnung war, aber immerhin ein winziges Stück weit weniger kompliziert. Hier in diesem kleinen Häuschen habe ich zum ersten Mal mit Dario geschlafen.

»Wir wollten runter ans Meer, kommst du mit?«, fragt mich meine Freundin, die sich bereits in ihrem Bikini vor dem breiten Spiegel räkelt. Clara ist fantastisch. Sie hat zwar ein paar Kilos zu viel auf den Rippen, doch das stört sie kein bisschen. Ich weiß nicht, was es ist, vielleicht ihr selbstbewusstes Auftreten, doch sie sieht besser aus als jedes Covermodel einer Modezeitschrift.

»Ich werde mal auspacken. Vielleicht komme ich nach«, erkläre ich ihr mit einem Grinsen im Gesicht.

Sie soll nicht den Eindruck bekommen, dass mich irgendetwas belastet. Das Letzte, was ich gebrauchen kann, ist, irgendwelche Ausreden für ihre löchernden Fragen zu erfinden. Nicht hier in der Umgebung, durch die ich mich schuldig fühle.

Sie verharrt in ihrer Bewegung, mustert mich kurz, doch dann nickt sie. Huch, sie hat es geschluckt.

»Wir nehmen Giulia mit runter«, höre ich Dario von der Terrasse aus rufen.

Eilig durchwühle ich den Koffer und bin erleichtert, als ich feststelle, ihre Schwimmhilfe eingepackt zu haben.

»Lass sie nicht aus den Augen«, sage ich mit einem herrischen Befehlston und halte ihm die Schwimmflügel hin.

Ein verständnisvolles, aber auch irgendwie belustigtes Schmunzeln legt sich über sein Gesicht. Beinahe komme ich in Versuchung, ihn mit den Gummidingern in meinen Händen zu schlagen. Doch nicht in Giulias Anwesenheit, selbst wenn sie nicht da wäre, Gewalt ist keine Lösung. Auch wenn sie nur gespielt wäre. Ich würde ihn nicht ernsthaft verhauen.

»Sie schwimmt hervorragend.«

»Du lässt sie keine Sekunde aus den Augen«, drohe ich mit erhobenem Zeigefinger, bevor ich Giulia einen Kuss auf die Stirn gebe und wieder nach drinnen verschwinde.

Himmel, ich habe unbeschreibliche Angst, dass ihr was zustoßen könnte. Immer. Jeden einzelnen Tag.

Nachdem ich den Koffer geleert habe und mein Blick auf die Sonnencreme fällt, wird mir klar, dass Giulia seit einer halben Stunde am Strand ist, ohne ihre zarte Haut davor mit ausreichend Sonnenmilch eingecremt zu haben.

Ich ärgere mich, warum habe ich nicht schon vorhin daran gedacht. Dann könnte ich in aller Ruhe ein Buch lesen oder mich einfach ein bisschen ausruhen. Jetzt muss ich die steilen Felsen hinunterklettern und Dario erneut unter die Augen treten.

Vermutlich wäre es besser, wenn ich mich endlich damit abfinden würde und ihm nicht weiter aus dem Weg gehe. Im Endeffekt funktioniert das ohnehin nur gelegentlich. Ich zögere nicht länger und kraxle die Felsen hinab und diesmal bin ich geschickter als die Male davor.

Ich halte inne, als ich unten ankomme und zu meinen Freunden sehe. Ben, Clara und Finn unterhalten sich ausgelassen am Strand, während Dario mit Giulia im Wasser herumtobt. Sie kann sich vor Lachen kaum halten. Sobald sie sich etwas beruhigt hat, packt er sie, wirbelt sie herum und wirft sie zurück in die Wellen hinein. Augenblicklich rast mein Herz. Himmel, der Anblick der beiden bringt mich um den Verstand.

»Hey«, ruft mir Finn entgegen und hebt seine Hand zum Gruß, so, als könnte ich ihn übersehen. Dabei ist der Strand menschenleer, also bis auf meine Freunde. Wir haben September und die Hauptreisezeit ist vorüber. Außerdem ist Darios Haus abgeschirmt und grenzt nicht unmittelbar an die Hotelanlagen. Bestimmt sind es einige Kilometer in die Stadt, besser gesagt, ins nächste Dorf.

»Ich hab vergessen, Giulia einzucremen«, erkläre ich und deute auf die Creme in meiner Hand, woraufhin Clara die Augen verdreht, was mir nicht entgeht.

»Was?« Zu laut kommt die Frage, die ich meiner Freundin stelle, über die Lippen.

»Dario macht das super. Findest du nicht, dass du übertreibst?« Sie spricht es geradeheraus an, ohne irgendwelche bedachten Worte zu suchen.

Ich weiß, dass sie recht hat. Trotzdem fällt es mir schwer, das zuzugeben und Giulia Dario zu überlassen. Seufzend lasse ich mich auf die Decke fallen.

»Er macht das toll. Ihr macht das toll.« Sie lächelt, dabei streicht sie mit ihrer Hand über meinen Oberarm. »Kommst du mit ins Wasser?«, fragt sie schließlich, als ich ihr dankbar zunicke. Ihre Worte bedeuten mir viel.

»Später.«

Ben und Clara machen sich auf und laufen ins Wasser. Sofort schießen mir die Bilder von Baywatch in den Kopf. Ben trägt eine rote Badehose und Clara den dazu passenden roten Bikini. Sie haben sich eindeutig abgesprochen.

»Kann ich ehrlich zu dir sein?« Finn guckt mich aus tiefbraunen Augen an, während ich ihm unsicher entgegenblinzle.

»Vermutlich kann ich dich nicht davon abhalten.« Ich ringe mir ein Lächeln ab.

»Vermutlich nicht. Hier zu sein, fällt dir nicht leicht«, stellt er fest, dabei bilden sich zarte Falten auf seiner Stirn.

Ein verächtliches Schnauben entfährt mir. »Das ist doch wohl verständlich«, keife ich.

Finn trifft keine Schuld, doch ich kann nicht anders. Er ist in den letzten Monaten zu meinem Blitzableiter geworden und steht mir näher als Clara, zumindest in Bezug auf Dario. Clara weiß nicht Bescheid, weshalb ich ihr das auch nicht vorwerfe. Und das soll so bleiben, sie darf es nicht erfahren. Niemals. Daran werde ich alles setzen.

»Er hat Gutes vollbracht. Menschen gerettet. Anschläge verhindert. Er ist nicht das personifizierte Böse, so wie du ihn hinstellst.«

Seine Worte lassen mich hart schlucken. Ich habe mit einigem gerechnet, aber nicht mit dieser deutlichen Ansage. Nicht aus Finns Mund und schon gar nicht mit dieser betonten Klarheit.

»Aber …«. Ich räuspere mich.

»Nichts aber. Er gibt sein Bestes. In Wirklichkeit ist er ein Held, und du behandelst ihn, als wäre er der größte Schwerverbrecher aller Zeiten.«

Inzwischen füllen sich meine Augen mit Flüssigkeit, die ich jedoch mit aller Gewalt zurückhalte.

»Er hat Paul ermordet«, presse ich zwischen meinen Lippen hervor.

Finn atmet hörbar ein. »Paul hat sich auf die Gegenseite geschlagen. Dario wusste nicht, dass er es ist. Glaub mir, Dario liegt jede Nacht wach und macht sich Vorwürfe.«

»Das ändert nichts an der Tatsache, dass er ein Mörder ist.«

»Da hast du nicht unrecht, aber dann müsstest du mich ebenfalls so behandeln. Ich bin kein bisschen besser als er.«

Ich blicke zur Seite, direkt auf das offene Meer hinaus. Jetzt habe ich die Sicherheit, Finn hat ebenso Menschenleben auf dem Gewissen.

»Nein. Das darf nicht wahr sein.« Ich schüttle den Kopf.

»Mia, wir sind Agenten. Wir kämpfen für das Gute. Dazu gehört auch, dass wir auf Befehl töten.«

Das geht mir zu weit. Sie kämpfen für das Gute? Wer bestimmt denn, was das Gute ist?

»Soll ich nun dankbar sein, dass er Paul ermordet hat? Willst du mich auf den Arm nehmen?« Meine Stimme ist zu laut und als ich meinen Kopf abwende, bin ich erleichtert, denn Giulia und die anderen sind ein Stück weiter im Meer und hören uns nicht.

»Sei nicht so hart zu ihm. Denk einfach darüber nach, mehr will ich auch nicht. Vor allem, sei nicht so streng zu dir selbst … Ich sehe, wie du ihn ansiehst und versuchst, gegen deine Gefühle anzukämpfen.«

Mit weit aufgerissenen Augen starre ich ihn erschrocken an.

»Du behauptest jetzt nicht, dass ich auf ihn stehe.«

Er lässt sich jedoch nicht aus der Fassung bringen und schmunzelt mir frech entgegen.

»Ich behaupte das nicht. Ich weiß es. Ich bin Agent, du unterschätzt meine Fähigkeiten.«

Ich öffne den Mund, doch ich bringe keinen Ton heraus. Nicht mal ein Krächzen, meine Stimme bleibt mir im Hals stecken, und ehe ich mich fange, hat sich Finn zu den anderen ins Wasser gesellt.

Achtzehn

Ich genieße die Sonne, das Meer, die Zeit mit Giulia und meinen Freunden. Ja, sogar mit Dario ist es ziemlich erträglich geworden. Womöglich war es die Unterhaltung mit Finn vor zwei Tagen, oder ich habe mich an seine Anwesenheit gewöhnt. Egal, was es war, es gefällt mir hier und ich kann mich zwischendurch zurücklehnen. Zu Hause stehe ich andauernd unter Strom, bedacht darauf, für Giulia da zu sein und immer das Richtige zu tun. Hier in Kroatien kümmern wir uns alle um sie. Sie genießt es, im Mittelpunkt zu stehen. Sie ist glücklich, und somit bin ich es auch.

Es klopft an der Tür, und da die anderen draußen auf der Terrasse sind, hieve ich mich von der gemütlichen Couch hoch und sehe nach. Ich staune nicht schlecht, als mir eine großgewachsene, schwarzhaarige Schönheit entgegenlächelt.

»Hey, ich bin Ana«, begrüßt sie mich mit gebrochenem Deutsch, und noch bevor ich ihre Begrüßung erwidern kann, schießt Dario auf uns zu und gibt ihr einen Kuss auf die Wange. Ich starre mit offenem Mund auf sie, als sie Kroatisch sprechen. Ich verstehe kein Wort, was mich fürchterlich ärgert, immerhin kann ich auf Kroatisch fluchen, doch das war es dann auch schon mit meinen slawischen Sprachkünsten.

Außerdem, bilde ich mir das bloß ein, oder haben Darios Lippen vorhin einen Augenblick zu lange ihre Wange berührt? Bin ich eifersüchtig? Bestimmt nicht. Allerdings kann er doch nicht wahllos Frauen einladen, ohne es vorher mit mir abzusprechen. Giulia soll so etwas nicht mitbekommen. Zumindest nicht, wenn es nichts Ernstes ist.

»Giulia, kommst du?«, ruft Dario zwischen unseren Köpfen hinweg.

Sie kommt schnellen Schrittes auf uns zu, trägt ihr lila Lieblingskleid und hat sich eine gelbe Handtasche umgehängt. »Bin schon da«, strahlt sie.

»Wir fahren ein Eis essen. Ich wollte es dir vorhin sagen, aber du hast geschlafen.«

Ich vergesse, zu blinzeln und sehe abwechselnd in ihre Gesichter, dabei versuche ich, meine Verstimmung erst gar nicht zu verbergen.

»Das ist doch okay, oder?«, hakt er nach, als ich nicht antworte.

Ist das denn in Ordnung? Darf Dario Giulia bei seinen Dates dabeihaben? Ich bin maßlos überfordert. Warum habe ich meine schlauen Erziehungsratgeber nicht eingepackt?

»Ist gut.« Schließlich, nach gefühlt einer Ewigkeit, bringe ich doch noch einen Ton hervor.

»Wir bringen dir ein Eis mit.« Giulia lächelt mich an und zappelt ungeduldig.

»Das müsst ihr nicht. Lass es dir schmecken, Süße.« Sanft streichle ich über ihr Haar und wende mich ab, ohne Dario oder Ana die Genugtuung zu geben, sie ein weiteres Mal neugierig zu mustern. Es ist mir egal, wen Dario trifft. Das jedenfalls versuche ich, mir einzureden, während ich gedankenverloren zu Clara gehe. Doch mir entgeht nicht, wie Finn mich mit verschränkten Armen und einem spitzbübischen Lächeln beschattet, als wäre ich sein neuer Spezialauftrag.

Das macht mich zornig. Unfassbar zornig. Je mehr ich darüber nachdenke, desto tobsüchtiger werde ich. Giulia sollte Dario nicht begleiten. Seine Frauengeschichten muss er raushalten. Das ist einfach nicht fair.

»Willst du mit uns essen?«

»Wein«, fordere ich mürrisch, woraufhin Clara laut auflacht und mir ihr Rotweinglas entgegenstreckt.

»Du hast wohl schlecht geschlafen«, stellt Ben fest.

»Das hat sie wohl.« Finns Mundwinkel erstrecken sich bis zu seinen Ohren. Anstatt völlig auszurasten, koste ich den Duft des Weines aus, der mir augenblicklich in die Nase steigt, als ich das Glas an meine Lippen führe. Ich entspanne mich, als sich der vollmundige, saure Geschmack über meine Zunge ausbreitet, zumindest ein klitzekleiner Teil in mir.

»Machst du das öfter?« Bens Stimme dringt dumpf zu mir durch.

»Wein trinken oder schlafen?«

»Du schläfst jeden Tag zu Mittag wie ein Baby«, sprudelt es aus ihm heraus. Woraufhin Clara ihm einen Hieb gegen seine Rippen verpasst.

»Offensichtlich holt sich mein Körper den entgangenen Schlaf zurück.«

Finns Grinsen wird breiter, warum auch immer. Ich beschließe, sein doofes Dauergegrinse zu ignorieren.

Clara hat uns Curryreis mit Hühnchen gekocht. Während wir essen, sind wir weniger redselig und es herrscht Schweigen am Tisch. Für mich scheint die Zeit stillzustehen, denn der Blick auf die Uhr verrät mir, dass Giulia und Dario erst vor wenigen Minuten aufgebrochen sind. Verflixt aber auch.

»Wann wollten sie zurück sein?«

»Entspann dich und genieß die Zeit am Strand«, antwortet Clara mit vollem Mund.

Entspannen? Sie macht Witze, oder? Wie soll ich mich entspannen, wenn Dario mit irgendeiner dahergelaufenen Frau ein Eis essen geht und zufällig auf die Idee kommt, meine Tochter mitzunehmen. Ja, Giulia ist meine Tochter. Auch wenn ich sie nicht zur Welt gebracht habe, ich liebe sie abgöttisch und auf dem Adoptionspapier steht es ebenso geschrieben. Giulia ist meine Tochter. Hin und wieder nennt sie mich sogar Mum, was mich überglücklich macht.

»Ich will nicht an den Strand«, gebe ich trotzig von mir.

Clara verdreht die Augen. »Schatz, du bist meine beste Freundin …« Sie macht eine kurze Pause.

»Aber was?«, hake ich ungeduldig nach und funkle sie wütend an, was sie nicht weiter als Warnung sieht, denn sie fährt ungerührt fort. »Seitdem Giulia in dein Leben getreten ist und du nicht mehr mit Dario schläfst, bist du … starrköpfig und verbissen …«

Das genügt. Clara hat von alledem, was vorgefallen ist, keinen blassen Schimmer. Niemand hat das Recht, mir irgendwelche Dinge an den Kopf zu werfen. Sie kann nicht mal annähernd nachfühlen, was in mir vorgeht. Wie auch, sie kennt die Wahrheit nicht.

»Hört auf damit«, fordert Finn mit ernster Miene, dabei fährt er sich mit beiden Händen durch seine lockigen Haare und lässt sie darin stecken. Er ist genervt, ziemlich sogar. Von mir, von Claras Anspielungen und verflixt, hoffentlich auch, weil Dario ein Date hat.

»Wir können nicht einmal ansatzweise nachvollziehen, wie verkorkst Mias Leben ist und deshalb halten wir diesbezüglich auch die Klappe«, erklärt er bestimmt.

Meine Mundwinkel zucken, und noch bevor sie sich zu einem triumphierenden Grinsen verziehen, trifft sein finsterer Blick auf mich.

»Du solltest mit Dario reden, wenn dir was gegen den Strich geht und deine miese Laune nicht an uns auslassen. Verflucht, ihr seid erwachsen und erzieht ein Kind. Selbst das funktioniert unter den wirrsten Voraussetzungen.«

Doch nicht genug, er wendet sich Ben zu.

»Und du solltest endlich einmal die Eier besitzen, deine Meinung zu sagen und Clara zu zeigen, wo es langgeht«, murmelt er in seine Richtung.

Wie wahr. Ich kann nicht glauben, dass Finn eben grinsend im Türrahmen stand und uns wenige Minuten darauf dermaßen die Meinung geigt.

Wir müssen ziemlich überrascht aussehen. Ben scheint über das Gesagte nachzudenken. Claras Stolz wirkt angekratzt und ich, tja, ich unterdrücke einen Lachanfall. Nicht lange, denn wenige Sekunden später pruste ich lauthals los. Zuerst ernte ich missbilligende Blicke, doch kurz darauf sitzen wir uns lachend und den Tränen nahe gegenüber.

Schließlich vergessen wir die Zeit und plaudern über die Vergangenheit. Wie wir uns kennengelernt haben, wie sehr wir Paul vermissen und wie unfassbar glücklich Giulia uns macht. Sie steckt uns mit ihrer unbeschwerten Fröhlichkeit an. Und auf irgendeine Weise bringt sie uns ein Stück Paul in unser Leben zurück.

Clara ist sozusagen ihre Tante. Ich ziehe sie deshalb auf, weil sie anfangs nicht so genannt werden wollte. Doch mittlerweile liebt sie es, wenn Giulia sie so nennt. Finn und Ben verbringen gleichermaßen viel Zeit mit ihr. Wir können ihre Mutter und ihren Vater zwar nicht zurückholen, jedoch wenigstens ein kleines Stück Geborgenheit und Familie bieten. Selbst meine Mutter entwickelt sich zu einer liebevollen, fürsorglichen Großmutter.

Es ist spät geworden. Wir haben Claras indisches Hühnchen aufgegessen, Wein getrunken, geweint, gelacht und dabei völlig die Zeit vergessen. Langsam verschwindet die Sonne vom Horizont und die kühle Luft beschert mir eine Gänsehaut. Ich laufe nach drinnen, um für Clara und mich eine Weste zu holen, als plötzlich die Tür aufgeht. Giulia kommt hereingelaufen und schlingt ihre dünnen Arme um meinen Bauch. »Wir waren auch noch Boot fahren«, erzählt sie aufgeregt.

»Das ist schön«, erwidere ich und blicke in ihre strahlenden Augen. Wärme breitet sich in meiner Brust aus, denn sie ist glücklich und das ist alles, was zählt. Giulias Glück.

Dario und sein Date treten hinter ihr ein, doch ich ignoriere sie. Also nicht vollkommen, immerhin hebe ich zur Begrüßung flüchtig die Hand. Ich will nicht mit ihnen sprechen, selbst wenn es nur Small Talk wäre. Vielmehr interessiert mich, was Giulia zu berichten hat.

»Bist du hungrig?«

Sie schüttelt den Kopf und gähnt.

»Du bist müde«, stelle ich lächelnd fest. Normalerweise würde Giulia schon seit einer Stunde im Bett liegen, aber im Urlaub nehme ich das nicht so streng.

Sie nickt und grinst erschöpft. An ihrer Oberlippe erkenne ich noch einen kleinen Rest vom Schokoladeneis.

»Komm. Wir machen uns fürs Bett fertig. Wir schlafen heute in Claras Bett, da ist es kuscheliger.«

In Wahrheit ist es auf dem Sofa zu laut, und ich will Dario und Ana aus dem Weg gehen, deshalb kommt es mir ganz gelegen, dass Giulia ausnahmsweise schon müde ist.

Als ich nachts aufwache, fühlt sich mein Mund unerträglich trocken an. Vorsichtig schlüpfe ich unter Giulias Arm hindurch und tapse leise ins Wohnzimmer. Ich bin mit Giulia eingeschlafen und nicht wieder zurück zu den anderen gegangen. Vermutlich habe ich mir einiges erspart. Den Anblick von Ana und Dario zumindest. Der Gedanke daran macht mich wahnsinnig. Ich weiß, dass ich keinerlei Ansprüche auf Dario habe und ihn andauernd von mir stoße, aber trotzdem stört mich die Tatsache, dass Dario ein Date hatte. Als ich die zwei gestern zusammen gesehen habe, hat es sich angefühlt, als jage mir jemand einen Dolch in die Brust. Verflixt, ich will das nicht. Keine Gefühle für Dario. Das ist nicht fair.

Geräuschlos tappe ich am Sofa vorbei, was mir nicht leichtfällt, weil die Vorhänge zugezogen sind und es stockfinster ist. Vorsichtig setze ich ein Bein vors andere und strecke meine Arme nach vorne, damit ich nur ja nirgends dagegen laufe. Doch so sehr ich mich auch bemühe, mit einem Mal rumpelt und poltert es. Klar, das war ich. Mit meinem rechten Fuß bin ich an dem kleinen Tischchen neben der Couch hängen geblieben und habe es zu Fall gebracht. Somit auch die Obstschale, die am Nachmittag noch darauf stand. Ich halte kurz inne und hoffe, niemanden geweckt zu haben. Weitgehende Stille. Weil hier überall Äpfel herumkugeln und ich nicht will, dass jemand darüber stolpert, sammle ich das Obst ein und lege es zurück in die Schale. Ich schlurfe über den Holzboden, weil ich befürchte, in der Dunkelheit ein Stück vergessen zu haben, und komme wohlbehalten in der Küche an. Dort knipse ich das kleine Licht an, damit ich nicht das nächste Fiasko veranstalte. Es fällt nicht bis ins Wohnzimmer hinein, Clara und Ben sollten es nicht bemerken. Außerdem, wenn sie der Krawall von vorhin nicht aufgeweckt hat, dann wird der leichte Lichteinfall ebenfalls nicht stören.

Endlich findet mein Mund die Erlösung. Ich leere das Wasserglas vollkommen und merke, wie wohltuend sich das eiskalte Wasser auf meinen Körper auswirkt. Herrlich. Doch noch während ich das Glas in die Spüle stelle, höre ich seine Stimme. »Mia.«

Abrupt fahre ich herum. Dario. Das Licht wirft einen leichten Schatten auf seine Silhouette. Ich kann ihn nur schwer erkennen. Er hingegen sieht mich eindeutig, denn ich stehe direkt im Lichtschein. Jede Bewegung, jede Reaktion im Rampenlicht.

»Konntest du nicht schlafen?«, flüstert er mit leiser, aber rauer Stimme, die mir augenblicklich einen Schauer über den Rücken jagt.

Was soll das nun wieder? Das ist Dario, der Mann, den ich seit über einem Jahr mehrmals die Woche sehe. Kein Grund, irgendeine Panikattacke heraufzubeschwören.

»Ich hatte Durst«, erkläre ich kalt, und ich bin erleichtert, als sich meine Muskeln allmählich entspannen.

Er bleibt weiterhin in der Küche stehen, und ich bin mir nicht sicher, was ich jetzt machen soll. Ein weiteres Glas trinken und hoffen, dass er verschwindet? An ihm vorbeigehen und ihn dabei ignorieren?

Ich entscheide mich für die zweite Variante und gehe mit gestrecktem Oberkörper, damit ich größer und selbstbewusster wirke, auf ihn zu. Nur noch zwei Schritte, und ich habe es geschafft. Doch dann höre ich ihn meinen Namen flüstern und spüre unmittelbar seine Nähe. Wie ein Blitz durchfährt mich die Tatsache, dass ich stehen geblieben bin und er nur eine Handbreit von mir entfernt ist. Er berührt mich nicht, und doch fühle ich das Kribbeln auf meiner Haut, als täte er es.

»Dir war es nicht recht, dass ich Giulia mitgenommen habe.«

Bedacht wende ich mich ihm zu, inzwischen haben sich meine Augen an die Dunkelheit gewöhnt, und ich erkenne die Traurigkeit in seinem Blick. »Nein. Das hat mir nicht gefallen«, gebe ich zu. Ich weiß nicht, woher ich mit einem Mal diese Kraft schöpfe, doch ich halte dem Blick stand und sehe ihm, das erste Mal seit Monaten, direkt in die Tiefen seiner Iriden.

»Weshalb nicht?« Er lässt sich ein Stück gegen die Anrichte sinken und schafft etwas mehr Abstand zwischen uns.

Ich schüttle den Kopf. Ich werde mir nicht die Blöße geben und hier und jetzt eingestehen, dass ich deshalb so sauer bin, weil er eine Frau dabeihatte.

»Es war wegen Ana, nicht wahr?«, fragt er unverblümt, was mich rasend macht. Aufgekratzt zupfe ich an meinem Shirt herum. Nein, das darf ganz einfach nicht wahr sein. Er trifft mitten ins Schwarze, weshalb gelingt es ihm, in mir zu lesen, als wäre ich ein offenes Buch? Oder war es tatsächlich so offensichtlich?

»Mit wem du dich triffst, ist mir vollkommen egal. Mir geht es einzig und allein um Giulia.« Ich bin mir nicht sicher, aber ich glaube, das Zucken seiner Mundwinkel auszumachen, als ich ihm in aller Deutlichkeit meinen Standpunkt näherbringe. Macht er sich lustig? Er ist eindeutig nicht in der Position, mich auch nur in irgendeiner Form aufzuziehen. Ich ordne meine Worte und will ihm irgendetwas an den Kopf werfen, doch er kommt mir zuvor.

»Ich weiß, wann jemand lügt und bei dir weiß ich es, selbst wenn wir uns nicht im selben Raum befinden.« Wahrhaftig, ein leichtes Schmunzeln legt sich über seine Lippen. »Ich weiß, du hörst es nicht gerne. Aber das ist so eine Agentensache.«

Eine Agentensache? Mir entfährt ein verächtliches Schnauben. Darauf ist er stolz? Nein, oder? Inzwischen muss mein Kopf die Farbe einer Tomate angenommen haben, denn ich koche vor Wut.

»Ich hasse dich«, presse ich zischend hervor und will zurück ins Schlafzimmer, als er mich am Handgelenk packt und zurückhält.

»Berühr mich nicht!« Ich werde hysterisch.

Sofort erlöst er mich von seinem Griff und meine Atmung findet zum gewohnten Rhythmus zurück.

»Mia, du weißt, dass du mich nicht ausschließlich hasst.«

Das ist zu viel. Eindeutig zu viel. Ich sinke auf dem Boden zusammen, vergrabe mein Gesicht in den Handflächen und erlebe einen totalen Zusammenbruch. Ich lasse meinen Tränen freien Lauf. Ich japse nach Luft, bevor mich der nächste Heulkrampf erfasst. Keine Ahnung, wie lange ich am Boden kauere. Er lässt meinen Gefühlsausbruch zu, und mir ist es egal, dass er mich in diesem jämmerlichen Zustand sieht.

Erst als ich mich beruhige, setzt er sich zu mir auf den Boden, lässt mich dabei keine Sekunde aus den

Augen und betrachtet mich mit einer unfassbaren Sanftheit. »Ana ist meine Cousine«, höre ich ihn sagen, und es dauert eine Weile, doch dann begreife ich endlich.

»Deine Cousine?«, bringe ich schluchzend hervor und blicke mit meinem verheulten Gesicht zu ihm. Ich bin eifersüchtig auf seine Cousine, kann ich einfach davonrennen? Wie peinlich ist das nun wieder?

Er lächelt das süßeste Lächeln, welches ich seit Monaten vermisse. »Meine Cousine«, versichert er.

»Kroaten daten nicht zufällig ihre Verwandten zweiten Grades?«, hake ich unsicher nach.

»Vierten Grades. Nein, das tun wir nicht.« Er lacht und ich komme nicht umhin, zu schmunzeln. Wie gut sich das anfühlt. Es ist, als würde jede Anspannung der letzten Monate abfallen. Als wäre ich zum ersten Mal wieder ich selbst. Ohne Last. Einfach nur ich.

Doch dann verstummt er, die Falten um den Mund glätten sich und sein Ausdruck verwandelt sich zurück in die ernste Miene von vorhin.

»Ich habe nicht mehr daran geglaubt, dein Lächeln zu sehen, es bedeutet mir alles.«

Mein Herz pocht unaufhörlich, während ich auf seine wundervollen Lippen starre. »Ich weiß«, flüstere ich kaum hörbar.

»Wirst du jemals wieder mit mir lächeln?«, fragt er, als sich kleine Falten auf seiner Stirn bilden, während er mich eindringlich beäugt, so, als könnte er meine Antwort kaum abwarten.

»Das wäre schön«, erwidere ich und klinge bedrückter, als ich es beabsichtige. Der Glanz in seinen Augen kehrt allmählich zurück, ich sehe die Hoffnung in ihnen, die auch mich hoffen lässt.

»Wird der Hass jemals schwinden?«

Ich bin ehrlich, zucke mit den Schultern und presse meine Lippen fest aufeinander, denn darauf kann ich ihm keine Antwort geben. Noch nicht.

»Kein klares Nein. Das ist ein Anfang.« Er ringt sich ein Lächeln ab, dabei streckt er bedacht seine Hände nach mir aus, und kurz bevor er mich berührt, hält er inne. Ich starre auf seine Finger, weil ich mir nicht sicher bin, ob ich die Berührung ertragen kann.

Er drängt mich nicht, seine eisblauen Augen vermitteln mir Sicherheit und das notwendige Vertrauen. Er hatte mich, bis auf diese eine schreckliche Sache, niemals enttäuscht. Er war immer für mich da.

Zögernd und in aller Ruhe lege ich meine Fingerspitzen in seine Handflächen, dabei fließt seine Wärme in meine Finger, meine Arme, dehnt sich auf meinen ganzen Körper aus und lässt all die Bedenken schwinden. Ich hatte ein Jahr gegen mein Herz angekämpft, obwohl ich tief in mir wusste, dass Dario zu den Guten gehört. Er war zur falschen Zeit am falschen Ort. Aber er ist der Gute.

Er umschließt meine Finger und zieht mich näher an sich heran. Insgeheim habe ich mir das jeden Abend vor dem Einschlafen gewünscht. Seine Nähe. Ich rücke ein Stück weiter an ihn heran, behutsam lasse ich meine Stirn gegen seine sinken und koste die Vertrautheit aus. Er hat mir alles genommen und doch macht er mich vollkommen.

»Ich kann es nicht ungeschehen machen«, haucht er und lässt mich nicht aus seinem Blick fliehen, auch wenn ich es möchte, weil die Tatsache, dass er Paul ermordet hat, unheimlich schmerzt.

»Ich weiß«, bestätige ich lautlos, dabei nicke ich leicht, meine Stirn weiterhin gegen seine gepresst. Ich spüre seine Reue, die ihm wie ein unsichtbarer Schatten folgt.

»Ich habe ihn geliebt. Er war mein bester Freund«, sagt er mit glänzenden Augen. »Und ich liebe dich. Giulia … unsere Familie.« Sein heißer Atem schlägt mir bei jedem Wort ins Gesicht.

»Das tue ich auch«, seufze ich, während eine Träne der Glückseligkeit über meine Wange kullert. Ja, ich bin glücklich. Auf eine unvergleichliche Art und Weise.

Das Scheppern von Geschirr, das ins Schlafzimmer dringt, lässt meine schweren Lider aufschlagen, und ich blicke direkt in die schönsten Augen, die ich jemals gesehen habe. Giulia hockt am Bett und betrachtet uns mit einem ziemlich schiefen Grinsen. Wie lange sie uns wohl schon beobachtet?

Ich krieche unter Darios Arm, den er um meinen Bauch geschlungen hat, hervor und setze mich auf. Ich komme nicht umhin, als zurückzulächeln, und mit jeder Sekunde, die verstreicht, wird unser beider Grinsen breiter.

»Guten Morgen.« Ich lächle sie an und streichle ihr über den Arm. »Gut geschlafen?«

Sie nickt. »Clara hat Pancakes gemacht.« Erst jetzt entdecke ich den leichten Schokoladenrest in ihren Mundwinkeln und nehme den herrlichen Duft von warmer Butter und Schokolade wahr.

»Ich hab euch auch welche gemacht«, plappert sie aufgeregt.

Und endlich wacht auch Dario auf, von wegen Geheimagent, er schläft wie ein Baby. »Hey«, flüstert er schlaftrunken, und ich kann nicht ausmachen, wen von uns beiden er mehr anstrahlt, doch in seinem Blick liegt so viel Liebe, dass sie für die ganze Welt ausreicht.

»Kommt mit«, bettelt Giulia und zieht an meiner Hand, um mich mit sich zu ziehen. Natürlich ist sie dafür etwas zu schwach, doch ich lasse mich nicht lange bitten und hieve mich hoch.

»Bist du bereit?« Es ist, als würde sich mit diesem Schritt nach draußen alles ändern, was es vermutlich auch tut. Immerhin treten wir das erste Mal als Familie unter die Augen unserer besten Freunde.

Dario scheint meine Unsicherheit zu spüren und steht im nächsten Augenblick an meiner Seite. Er bedenkt mich mit einem beruhigenden Lächeln, als er Giulia hochhebt und seine Finger mit meinen verschränkt. »Mehr als das.«

Ich hole noch einen letzten tiefen Atemzug, bevor ich mich von Dario nach draußen führen lasse und den fragenden Blicken meiner Freunde standhalte.

Doch als wir unter dem Portal hervortreten, scheint uns keiner wirklich wahrzunehmen. Clara und Ben hantieren mit den Pancakes in der Küche herum und Finn liegt auf dem Sofa und liest die Zeitung. Ich bin etwas irritiert, denn ich hatte mit löchernden Fragen gerechnet und nicht damit, dass alles seinen gewohnten Gang geht.

Als wir beim gedeckten Esstisch ankommen, auf dem sogar ein frischer Strauß Margeriten steht, wird mir klar, dass sich meine Freunde heute enorm viel Mühe geben. Sie versuchen, das nicht ganz so offensichtlich zu zeigen, aber sie machen aus dem heutigen Morgen etwas Besonderes.

»Da sind eure Plätze«, deutet Giulia auf die Stühle am anderen Ende des Tisches. Ich schmunzle, denn die Teller sind bereits angerichtet. Ich glaube, zu wissen, dass sich unter der ganzen Schokoladenmasse Pancakes befinden.

»Das sieht großartig aus«, sage ich zu meinem kleinen Mädchen und setze mich augenblicklich, weil sie es so gar nicht abwarten kann. Dario tut es mir gleich, und obwohl er Pancakes mit Schokolade hasst, schiebt er sich mit der Gabel ein großes Stück davon in den Mund. Eine Zeit lang wandert das Essen im Mund hin und her, ehe er es schließlich runterschluckt.

»Na, da hast du einmal in deinem Leben was richtig gemacht.« Finn klopft Dario auf die Schulter. Ich habe nicht mal bemerkt, dass er die Couch verlassen hat.

»Scheint so«, antwortet er und boxt ihm gegen den Oberarm. »Du musst wieder mehr trainieren«, tadelt er ihn.

Finn zeigt seine strahlend weißen Zähne. »Du bist doch nur neidisch, weil du jetzt hinterm Schreibtisch hockst und ich die Fäden in der Hand habe«, flüstert er, sodass es nur wir hören können. Clara und Ben werken derweil in der Küche herum und lassen sich dabei kein bisschen aus der Ruhe bringen.

»Was hat das zu bedeuten?«, frage ich tonlos.

Finn schmunzelt. »Dein Freund hier schiebt ab sofort Bürodienst.«

Ich blinzle ungläubig. »Ist das wahr?«

Darios Hand wandert zu meiner, hebt sie hoch und führt sie an seine Lippen heran. »Ich sortiere die Akten«, sagt er schmunzelnd und haucht einen Kuss auf meine Finger.

Noch immer gucke ich ziemlich verdutzt drein, denn ich kann nicht glauben, was ich eben gehört habe. Ich hatte den Eindruck, Dario liebt seinen Job und würde ihn um alles in der Welt verteidigen.

»Tust du das … ich meine …«, stottere ich, doch er unterbricht mich, indem er einen Finger an meine Lippen legt und sie somit zum Stillstand bringt. »Für uns. Ich tue das für uns.« Er lächelt. Es ist nicht irgendein Lächeln, nein, es ist das atemberaubende Lächeln, in das ich mich schon vor langer Zeit verliebt habe, das mir seit Jahren dieses wohlige Kribbeln beschert.

»Ja, ja, ja. Wir haben schon verstanden. Ihr seid jetzt das frisch verliebte Pärchen und wir können einpacken«, sagt Clara überdreht in Bens Richtung, dabei verdreht sie überschwänglich die Augen. Ich weiß nicht, mit welcher Reaktion ich gerechnet habe, jedoch nicht mit dieser Normalität, immerhin muss es doch auch für sie sonderbar sein, dass ich mit Dario zusammen bin.

»Schatz, unsere Liebe hat Tiefe, davon verstehen Mia und Dario nichts.« Ben drückt Clara einen liebevollen Kuss auf die Wange und flüstert ihr etwas ins Ohr, was wir nicht verstehen können. Es muss eine romantische Liebeserklärung oder etwas total Schmutziges sein, denn unter seinen Worten lacht Clara errötend auf und schenkt ihm ein herzhaftes Lächeln.

Unterdessen lasse ich meinen verwunderten Blick zu Finn gleiten, der mir im Stillen mitteilt, dass die Sache zwischen ihnen Geschichte ist. Als ich meine Aufmerksamkeit zurück zu Clara und Ben richte, erkenne ich, wie verliebt sie miteinander turteln. Ich muss nicht verstehen, was in ihrer Beziehung falsch lief, wichtig ist, dass sie ihr Glück wiedergefunden haben. Das ist alles, was zählt.

»Wie geht's mit euch weiter?«, fragt meine Freundin unverblümt und sieht mich dabei erwartungsvoll an.

Selbst wenn ich über Claras Direktheit nicht verwundert oder schockiert sein sollte, weil sie mir schon unzählige unangenehme Fragen gestellt hat, fühle ich mich mit dieser einen, ursprünglich simplen Frage überrumpelt. Ich habe darauf keine Antwort und suche Darios Augenpaar, in der Hoffnung, die Erklärung in ihnen zu finden.

»Niemals wieder lasse ich Mia und Giulia aus meinem Leben«, antwortet er mit fester Stimme, dabei fixiert er mich mit einer solchen Intensität, dass ich mir sicher bin, die nächsten Jahrzehnte an seiner Seite zu sein. Wir sind eine Familie. Giulia, Dario und ich …

Ende

Zuallererst danke ich meinen Lesern. Ihr motiviert mich, weiterzumachen, ihr glaubt an meine Geschichten – Himmel, herzlichen Dank! Ihr macht es wahr, dass ich meinen Traum leben kann.
Ein besonderer Dank gilt meinem Ehemann. Nicht zuletzt, weil er den „Schreibwahnsinn“ ermöglicht. Als ich zu jammern begann und mir die Geschichte nicht „rund“ vorkam, schnappte er sich den Laptop und schrieb die Szenen aus Darios Sicht während des Einsatzes in Italien. Ich musste den Stil ein wenig anpassen und die Kapitel waren fertig. Schatz, ich danke dir dafür!!!
Huch, es geht weiter. Ein großes Dankeschön für ihre mühevolle und detaillierte Arbeit möchte ich meinen Bloggern aussprechen. Danke für eure Unterstützung, ohne euch wäre so einiges nicht möglich! DANKE.
Einen weiteren Dank richte ich an meine Autorenkollegen. Danke für eure Inputs und eure ehrliche Meinung. Bislang bin ich über jede einzelne Begegnung dankbar und es macht irre viel Freude, mit euch bei Messen oder Stammtischen zu plaudern. An der Stelle möchte ich die liebe Eva Fay, die meine Ideen und Plotentwicklungen beinahe hautnah miterlebt, hervorheben. Eva, herzlichen Dank für deine Meinung und Unterstützung.
Last, but not least möchte ich mich bei meiner Lektorin und Korrektorin Sabine Wagner für ihre strukturierte und tolle Arbeit bedanken. Herzlichen Dank, liebe Sabine!

Vielen herzlichen Dank an euch alle!

Eure Katrin

Weitere Bücher:

I kissed the Boss: Verbotene Gefühle

Was würdest du tun, wenn du auf einer Firmenfeier feststellst, dass dein neuer Boss deine Jugendliebe ist? Sina steht genau vor diesem Problem. Noch dazu ist ihr Exfreund Leo ein echter Bad Boy und macht ihr das Leben in der Firma zur Hölle. Trotzdem fühlt sich Sina auf unerklärliche Weise zu ihm hingezogen. Sie ist hin- und hergerissen zwischen ihren Gefühlen und ihrem Pflichtbewusstsein. Schließlich ist sie schon seit Jahren glücklich vergeben. Soll sie ihren Job kündigen? Oder gibt es vielleicht doch noch einen anderen Ausweg?

Erschienen: 2017 Forever by Ullstein
ISBN: 978-3958189263

Meet me in L.A.: Ein Popstar zum Verlieben

Nachdem die Krankenschwester Stephanie von ihrem Verlobten vor dem Altar stehengelassen wurde, hat sie genug von der Liebe. Sie konzentriert sich lieber auf ihre Arbeit. Als jedoch plötzlich der weltberühmte Popstar Ryan Boyce in einem ihrer Krankenbetten liegt, ändert sich das schlagartig. Ryan flirtet unverblümt mit ihr und lädt sie schließlich ein, ihn in L.A. zu besuchen. Stephanie ist hin- und hergerissen. Was wird passieren, wenn sie sich auf Ryan einlässt? Und kann sie jemals mehr für ihn sein als eines seiner Groupies?

Erschienen: 2017 Books on Demand
ISBN: 978-3743172982

Lightning Source UK Ltd.
Milton Keynes UK
UKHW041937101221
395433UK00002B/424

9 783746 065342